溪岭岁月

黄湖故事集

杭州市余杭区黄湖镇人民政府 编

九州出版社
JIUZHOUPRESS

图书在版编目（ＣＩＰ）数据

溪岭岁月：黄湖故事集 / 杭州市余杭区黄湖镇人民
政府编. -- 北京：九州出版社，2019.10
ISBN 978-7-5108-8430-6

Ⅰ．①溪… Ⅱ．①杭… Ⅲ．①民间故事－作品集－余
杭区 Ⅳ．①I277.3

中国版本图书馆CIP数据核字(2019)第233896号

溪岭岁月：黄湖故事集

作　　者　杭州市余杭区黄湖镇人民政府　编
出版发行　九州出版社
地　　址　北京市西城区阜外大街甲35号(100037)
发行电话　(010)68992190/3/5/6
网　　址　www.jiuzhoupress.com
电子信箱　jiuzhou@jiuzhoupress.com
印　　刷　杭州万星印务有限公司
开　　本　880毫米×1230毫米　　32开
印　　张　9.5
字　　数　205千字
版　　次　2019年10月第1版
印　　次　2019年10月第1次印刷
书　　号　ISBN 978-7-5108-8430-6
定　　价　58.00元

序

记得十余年前我在余杭区文联工作时,曾在区文联的安排下,组织人员先后对我区西部的鸬鸟和百丈进行采风,后由我担任责任编辑,编印了《走进鸬鸟》和《走进百丈》两本书。

我出生在水乡地带,对山区的民风民俗颇为陌生,在这两本书的采风和编辑过程中,我不由得对山区乡镇的民风民俗和民间传说产生了浓厚的兴趣。我曾与时任区民间文艺家协会副主席的陈宏先生商量,让他牵头组织一次对黄湖镇的采风活动,搜集整理当地的民间故事,出一本当地的民间故事集。陈宏先生马上就安排了采风活动,我们一行十余人,分成两组,我带一组,陈宏带一组,分头对黄湖的各个村落进行了采风活动。但是,由于种种原因,这次采风活动的成果没有得到展示,想出版黄湖民间故事集的计划一直得不到落实。这,成了我的一个遗憾。

今年中秋节前,姚伟勤来找我,说是受黄湖镇党群服务中心委托,花了一年多的时间,组织人员对黄湖镇所有村落进行了采风,并将大家的采风成果整理编辑了一本名为《溪岭岁月——黄湖故事集》的民间故事集,想邀我作序。我听后十分欣喜,姚伟勤也算是我的半个弟子,此书的编辑出版将弥补我那心中一直

存在的遗憾。所以,不加思索就将这个写序的任务接了下来。

中秋小长假三天,我足不出户,一直在阅读书稿。书中的不少故事,当年我在黄湖采风时曾听老人们说过。读着读着,我仿佛又回到了当年在黄湖村落中采风的现场。

黄湖早在明代时就建镇,距今已有六百多年的历史,相传有湖塘横于黄湖大溪上而得名。黄湖,位于杭州市西北部,历史上曾经是个非常繁华的山货集散地。小镇的集市,在周边的山民眼里,相当于一个繁华的城市了。

这样一个历史上出名的古镇,其传说资源自然丰富。说起来,最出名的要算是唐末农民起义军领袖黄巢的传说了。黄巢是山东人,可这里却世代流传着黄巢的故事。黄巢的出生、黄巢的起义,这里的老人说起来头头是道,有鼻子有眼。而且,当地有不少地名,都与黄巢有着千丝万缕的联系呢!这本书中就有着不少关于黄巢的故事。这些故事,有的在多年前我就听说过,有的是我第一次看到。我觉得:黄巢的传说是黄湖镇一种独有的宝贵传说资源,值得进一步挖掘。

黄湖,还是个革命老区,有关革命类的故事也有不少在经久流传。《溪岭岁月》一书中收录了不少老区的革命故事,这是一笔红色传说资源,是黄湖特有的宝贵传说资源,值得推广弘扬。

黄湖,曾经是一个繁华的山货集散地,当年热闹的集市,也流传下来不少传说,在这本书中也得到了生动的展现。除此之外,还有些寺庙传说、村落传说、地名传说,很好地彰显了黄湖镇丰富的传说资源。

阅完全书,我感慨万千,虽然从故事集的体例上来说,还存在一些不足,但瑕不掩瑜。可以说:这本书,是黄湖传说资源的结晶,是一本可以流传下去的书,是一份难得的文化财富。

如今,各地都在重视文化建设。我始终认为:挖掘一个地方的传说故事,是地方文化建设中的一件大事。我们所在的历史文化名城杭州,正因为有着"白蛇传说""梁祝传说""西湖传说"等众多的传说故事,才使人对其念念不忘,才使游客到了杭州,都要去断桥转转……

有传说的地方是美丽的。

为《溪岭岁月》的出版点个赞!

是为序。

(丰国需,《故事会》杂志社特邀编审、浙江省民间文艺家协会故事委员会副主任、余杭区民间文艺家协会名誉主席。)

目录

CONTENTS

1

黄湖的传说

很久以前，黄湖所在的地方还是一片洼地，春季涨潮时一片沼泽，夏季要是干旱，又变成了荒滩。种不了庄稼，也养不了鱼虾。

这年夏天，黄湖一带遭遇千年不遇的大旱，两个多月滴雨未下，走路脚下都尘土飞扬。倘若再持续十天半月，方圆数十里的庄稼都将颗粒无收。

黄湖所在的地方也变成了荒滩，再也找不到水源抗旱。有位叫巧妹的姑娘急得要命，因为父亲病逝，家里的五亩田地全靠她和母亲打理，她还有两个不到十岁的弟弟，一家四口全靠这些粮食度日。如果再不下雨，粮食就会绝收，他们将无法活下去了。

要想抗旱保收，就得找到水源。这些天，巧妹和母亲一直在荒滩的洼地里打井，希望能挖出水来。可挖了一个多月，换了十几个地方，就是挖不到一滴水。母亲劳累过度病倒了，巧妹让两个弟弟在家照顾母亲，自己继续寻找水源。

这天中午，烈日当顶，巧妹挖井挖得满头大汗，带来的一点水早已喝光，可她一心想挖出水来，咬牙坚持，结果没挖多久就两眼一黑昏倒了。

当她醒来时，发现自己躺在一处树荫下，一个身穿黄衣的英俊书生正在往她嘴里喂水。从来没跟男人有过肌肤之亲的巧妹赶紧坐起来，红着脸向对方道谢，并问书生是哪里人。

黄衣书生说：他家住东海之滨，他是游学路过此地，看到巧儿姑娘昏倒在荒滩上，手里还握着打井的锄头，想必是这大热天劳累过度中暑了，于是，把她抱到树荫下，喂她水喝。

巧妹再次谢过黄衣书生，站起来又要去打井。黄衣书生跟上去说："妹子，你这样乱挖是找不到水源的。我学过风水，兴许可以帮你找到水源，你再休息一会儿吧！"

巧妹半信半疑地望着对方道："村里的大户早请了附近的几位风水先生来找水源，可谁也没打出水来，你又没长透视眼，能有这能耐？"

黄衣书生充满自信道："虽然我没有透视眼，但我肯定能帮你找到水。"说完便四下观察起来。

只见他一会儿向东，一会儿向西，口中还念念有词，最后在一处干涸开裂的沙堆旁停下脚步，向巧儿招招手，微笑说："妹子，这底下有股清泉，我们一起挖地三尺便能见到水。"

巧妹瞅瞅他脚下焦干的沙土，摇头笑道："恩人，你是不是看错了，如果下面有清泉，上面肯定草木旺盛，可这里寸草不生，底下肯定没水。"

黄衣书生嘻嘻一笑："妹子，你敢不敢跟我打赌？如果这下面挖不出泉水，那我就留下来帮你做苦力，直到找到水源为止。如果等会儿挖出水，那你就……当我娘子。"

巧妹害羞道："赌就赌，你刚才救了我的命，要真能帮我找到水源，就是救了我们一家，不！是救了我们全村。只要你诚心诚

意,我妈肯定不会反对我们在一起的。"

黄衣书生指天发誓,自己对巧妹是一见钟情。巧妹赶紧把锄头递给他,让他挖出泉水再表白不迟。

两个人轮流挖一会儿,很快就挖出了一个两尺多深的沙坑。

可挖出的沙土依然干燥无比,一点水迹也没有。巧妹不禁嘟起小嘴抬头嗔道:"我就说这里没水,瞅你把牛吹上天了吧!"

黄衣书生嘿嘿一笑,右手向泥坑一指道:"你瞅这水不是冒出来了吗?"

巧妹低头一瞧,一股指头粗的清泉从石缝中冒了出来,很快润湿了周围的泥沙。巧妹情不自禁弯下身去,双手掬起泉水痛饮起来。

黄衣书生笑问:"娘子,这水甜不甜?"

一声"娘子"让巧妹羞红了脸,皱着眉头说:"谁是你娘子了,我还不知道你叫什么名字呢?"

黄衣书生赶紧道:"我姓黄名辰,刚才咱俩说好找到水源你就当我娘子的。现在泉水挖出来了,你可不许耍赖啊。"

巧妹不胜娇羞道:"谁耍赖了,我⋯⋯我这就带你回家去见我娘。"

黄辰为巧妹找到了水源,巧妹的母亲自然不会反对他们的婚事。巧妹却说:一眼清泉救得了他们家田地里的庄稼,却救不了十里八乡的庄稼,希望黄辰多找一些水源,再与她成婚不迟。

黄辰面露难色道:"老天爷干旱这么久,一时间去哪找那么多水源?我还是试试求雨吧!"

这天上午,巧妹依黄辰吩咐:让乡亲们搭起高台,高台之上拉起布幔。一切布置妥当,黄辰口中念念有词,登上高台进入帷幔内,然后焚香祈雨。

还真是神了!不到半个时辰,万里无云的天空忽然阴云密布,一阵电闪雷鸣后,一条金黄色神龙飞上天空,紧接着倾盆大雨瓢泼而下。这场雨整整下了两个时辰才云开雨歇。

久旱逢甘霖,乡亲们在雨中欢呼雀跃。当大伙毕恭毕敬地把黄辰接下高台后,巧妹母亲当场宣布:择日不如撞日,今晚就让女儿、女婿拜堂成亲。

这天晚上,送走最后一批前来道贺的乡亲后,黄辰和巧妹进入洞房。没过多久,天空忽然响起惊雷,黄辰叫了声不好,让巧妹待在房间里别出声,只身冲了出去。

巧妹放心不下,悄悄跟了出去,一直跟到了他们打出泉水的地方,现在早已被雨水淹没。正想喊声"黄郎",却见他已化作一条金黄色的神龙飞上天空,和一伙天兵天将展开了搏斗。

巧妹这才知道,自己所爱之人乃是神龙化身,难怪他能找到泉水、呼风唤雨。虽然人龙有别,但她一点也不后悔,冲天空大喊:"黄郎小心,我爱你!"

可是她的"黄郎"最终没斗过凶恶的天兵天将,最后一头从半空中栽落下来。他躺在浸满雨水的荒滩上,强打精神对巧妹说:他是东海龙王的外甥小黄龙,因为喜欢巧妹的勤劳善良又孝顺,才化身书生帮她找水源,还不惜触犯天规布云施雨,与她结为夫妻,却没想到抓他的天兵天将来得这么快……

巧妹放声痛哭,跪求天兵天将放过她的黄郎,可是天兵天将无动于衷,要抓小黄龙上天受刑。小黄龙忽然一把将巧妹推到在高高的山丘上,然后自断龙筋横卧在荒滩上,转眼之间就化作一池湖水。

　　天兵天将没想到小黄龙会化作湖泊永留人间,只好空手上天交差了。只留下巧妹站在被湖水包围的小山丘上,一边哭泣一边呼唤着"黄郎"。

　　因小黄龙化作湖泊时是横着躺下的,湖泊也成了横的湖,人们都称它"横湖"。后来,人们为了纪念小黄龙,又把它叫作"黄湖"。而小黄龙与巧妹悲惨的爱情故事,也在大伙的扼腕叹息声中流传至今。

清波溪的由来

很久以前的一个夏天,黄湖一带出现了千年不遇的大旱,当时,还是一片沼泽的黄湖也变成一片荒滩。草木枯萎,庄稼即将颗粒无收,周围的老百姓找不到水源抗旱,一个个心急如焚。

幸亏在这关键时刻,东海龙王的外甥小黄龙化身黄衣书生,出现在美丽善良、勤劳孝顺的巧妹姑娘面前,不但帮她找到水源,还不惜违反天规布云施雨,缓解了旱情。

可正当化名黄辰的小黄龙与巧妹喜结连理,洞房花烛夫妻恩爱时,天兵天将从天而降,要抓小黄龙上天受刑。发现夫君乃神龙化身的巧妹一点也不后悔嫁给小黄龙,祈求天兵天将网开一面。天兵天将怎敢违背玉帝旨意,硬要抓走身负重伤的小黄龙上天受罚。

小黄龙知道自己是有去无回,不愿离开新婚妻子,他自断龙筋化作了清澈的黄湖。而巧妹站在被湖水包围的小山丘上,哭喊着夫君的名字,一直哭到天亮。当她母亲带着她的两个弟弟和乡亲们一起找来时,巧妹已昏倒在小山丘上。

众人砍来毛竹扎成竹筏,去湖中小岛把巧妹接到岸上,然后把她背回家。巧妹苏醒后,悲痛欲绝,嘴里一直哭喊着:黄郎!

你快回来！

大伙问她黄郎去哪里了？那荒滩怎么忽然变成湖泊了？她为什么会出现在湖中小岛上？

巧妹抹着眼泪，道出了夫君小黄龙的真实身份。得知这黄湖乃小黄龙化成的，乡亲们无不心怀感激，同时也为巧妹痛失至爱而惋惜。可是小黄龙已化作湖泊，再也回不来了，劝她节哀顺变。

可是巧妹怎么能不伤心呢？虽然与小黄龙相处只有短短两天，但他为自己不惜牺牲生命的真情，早已让她刻骨铭心。要不是牵挂着母亲和两个弟弟，她早就投身湖中，去与夫君"相会"了。

巧妹天天以泪洗面，茶饭不思。直到两个月后，母亲发现她已怀上了身孕，她才强打起精神，要把小黄龙的血肉留下来。

这可是真正的龙种呀！巧妹辛苦怀了整整三年，三十六个月，一千零八十天，这才产下了一个八斤多重的白胖小子，相貌跟当年小黄龙化身的黄衣书生好像一个模子印出来的。

为了纪念小黄龙，巧妹就把儿子取名为"小龙儿"。小龙儿果然不同凡响，不到半年就会说话、走路，而且天生好水性，四五岁就能下湖捉鱼摸虾了。

看到儿子一天天长大，越来越有夫君小黄龙当年的风采，巧妹感到无比欣慰。小龙儿长到七岁时，就跟巧妹一般高，巧妹把他送到私塾去读书，没想到这小子三天两头开小差，偷偷跑到黄湖去抓鱼摸虾，时不时地还从河蚌体内采几颗珍珠，拿回家给想念父亲哭坏双眼的母亲治眼睛。

巧妹心里是又生气又开心，气的是儿子不好好读书识字，老被先生责骂,开心的是儿子这么小就知道孝敬自己。好在她从来没想过让儿子读书考取功名,光宗耀祖,只希望他健康成长,快乐一生。

可是,就这样平常的愿望也不能达到。小龙儿十六岁这年,早已辍学的他已长成一个身高六尺的俊小伙,每天划着渔船下湖打鱼养家,成了家里的顶梁柱。

这年夏天的一个晌午,小龙儿潜入黄湖去采珍珠,半个时辰都没有上来。这个急坏了与他一块下湖捕鱼的伙伴们,虽然大家都知道小龙儿的父亲是东海龙王的外甥小黄龙,可小龙儿毕竟是肉身凡胎,这下水半个时辰没上来,肯定是凶多吉少。

有人把巧妹喊来了,巧妹站在船上大声呼唤儿子的名字,并祈求夫君在天之灵保佑儿子。正在她呼天抢地时,湖面上冒出了个湿漉漉的脑袋,手里好像还捂着一个什么宝贝。

不用说,这人便是小龙儿。小龙儿踩着水步来到渔船边,翻身上船,正要向母亲问好,没想巧妹一巴掌打在头上,哭骂:我的小祖宗,你急死为娘了!

虽然被母亲当众打了,但小龙儿知道这是母亲爱子心切。他嘻嘻一笑,张开紧捂的双手道:"母亲,我给您采了一颗大珍珠!"

大伙顺眼看去,只见小龙儿手里捧着一颗鹅蛋大的珍珠,在阳光下闪闪发光。小龙儿解释说,自己是追逐河蚌王到了湖底,结果这蚌王躲进了水草里,他苦苦寻找最后终于采到了这颗硕大的千年珍珠。

小龙儿采到千年珍珠的消息不胫而走,谁也没想到官府竟然派人来,让小龙儿把千年珍珠献给皇上。小龙儿说自己采来

的千年珍珠是给母亲治眼睛的，才不会白送官府巴结皇帝。

官差们一气之下就要强抢，结果被天不怕地不怕的小龙儿打得头破血流，抱头鼠窜。官差离开后，小龙儿正为自己不畏强权感到自豪，巧妹却说他闯大祸了。拿出了家里的所有积蓄，让她母亲和两个弟弟及其家人，赶紧带着小龙儿去外地躲避。小龙儿死活不肯离开母亲，直到巧妹用剪刀架在自己脖子上逼他，他才三步一回头地跟着外婆、舅舅他们离开了这个家。

果然不出巧妹所料，傍晚时分，官府派来大队官兵把巧妹家的土房围了个水泄不通，逼她交出小龙儿和那颗千年珍珠。巧妹说珍珠她已经让儿子带走了，要命有一条。

官兵恼羞成怒，将她绑起来准备押往官府，好把小龙儿引来，来个人珠共获。围观的乡亲们敢怒而不敢言。正当官兵们要把巧妹押走时，小龙儿忽然从天而降，从官兵手里救出母亲，扛着就跑。

官兵紧追不舍，还拿起弓箭要对巧妹母子下毒手。危急关头，只见小龙儿摇身一变，化作一条金龙，口中吐出了一股水柱，冲向了穷追不舍的官兵，水流滔滔不绝，淹没了官兵，也冲出了一条溪流，一直流向了几里外的黄湖。

而小龙儿背着母亲巧妹，也遁入溪流中，转眼之间消失得无影无踪。只留下一条清澈的溪流，直达黄湖。因为溪水终年清澈透底，波澜不惊，大伙都叫它清波溪，而小龙儿变身救母的故事，也在民间流传下来。

黄湖大桥

　　黄湖大桥,原名黄湖桥,位于黄湖老街道南,始建于明初,至民国二十二年(1933)改建成三拱两堡的钢筋混凝土拱桥。桥长60米,宽3.8米,旁设护栏,是黄湖山区第一座民间集资兴建的钢筋混凝土拱桥,属民间大桥。这里还有个令人难忘的民间故事。

　　清嘉庆《余杭县志》载:"黄湖桥在县北四十五里黄湖。桥临山溪,地形陡仄,春水涨溢,易致倾圮。"屡倾屡建,至民国二十一年夏,王贤贵(原彭公王家村人)的外孙,跟其爷爷到黄湖来榨菜油,时过中午,天降大雨,溪水猛涨,爷爷叫孙儿先过桥回家,不料孙儿刚过桥中,水势凶猛,连桥带人被洪水冲走。

　　王贤贵外甥一家人悔恨交加,向黄湖镇镇长骆熙林反映,骆熙林在黄湖原土地庙召开各村地保、族长会议,决定由民间集资在黄湖堰坝下方建一座钢筋混凝土大桥,同时指定原上街村张其安筹备建桥相关事宜。

　　建桥之初,委派孙家门口村王阿财全权负责。为了募集资金,王阿财自己带头卖田五亩,并颁布建桥令:"有钱出钱,有物出物,无物出力。"规定:凡经黄湖码头往来的南货、山货一律以对半强行征款。

建桥时,骆熙林还在桥头设捐征站,派保安队督征。据黄锡荣听其祖父讲,他爷爷挑一担白炭到黄湖码头落排,一半要先交给保安捐征站。

又听原白塔村杨永都讲,当时他19岁,有一天到黄湖街上购货,路过桥头,被保安人员拦住,强行要他挑一担黄沙。杨永都对保安讲,我已捐一两银子,就算了吧。保安凶目圆睁,用枪指着他吼道,凡过往青壮男丁一律要捐钱,无钱的要挑黄沙一担,方可通行。

杨永都认为自己已捐过,就不要再挑黄沙了,保安立即将杨永都反绑在桥头示众半天,下午罚他再挑黄沙半天。在集资建桥过程中,这样被强制挑黄沙的人何止千人次。集资征款还摊派到鸠鸟、百丈、大里等36个村,以黄湖商家为主,民众次之,真是苦不堪言。

在通桥剪彩那天,在黄湖桥头举行了隆重的通桥剪裁仪式,镇长骆熙林宣布通桥,并将桥命名为黄湖大桥。从此,黄湖大桥成为黄湖大溪上一道靓丽的景观。站在桥上,不免想起《清波石记》:"黄湖古称横湖,四周青山环抱,冈峦起伏,人杰地灵。北屏王位山俯佑,石扶梯古道,黄巢余韵,钱王兵营;东段荷枪峰保驾,石泉寺遗址,龙坞甘露,王母故居;西侧老虎山护航,蜈蚣岭翠竹,虎山瀑布,老街遗风;南缘木鱼岭守门,抗日纪念碑,将士忠魂,英烈永存;中躺大溪,溪堰清流奔腾,上横湖塘,湖口水急浪高,溪湖交融,绿水清波,秀美绝伦。"

几十年后的今天,黄湖大桥被洪水冲毁了,黄湖的人民感到无比的惋惜。

赐　璧

黄湖镇有个叫赐璧的自然村，这个地名，据说和康王赵构有关。

那一年，乌珠兵（金兵）入侵，康王不敌，仓皇而逃，几个月下来，随从死伤流离，到余杭境内时，已成孤家寡人。

康王从小娇生惯养，哪受得了逃亡的颠簸之苦，加上不敢走大路，到黄湖时已是精疲力竭。他也不管脏不脏了，在路边草丛倒头就睡。正朦胧间，突然感到小腿上一阵剧痛，低头一看，大惊失色，原来小腿上被一条俗称"狗乌噗"的毒蛇咬了，这蛇可是浙北山区的特产，剧毒无比，如不及时救治，就有性命之忧。康王虽然不认识这是什么蛇，但看到被咬的地方迅速肿胀，知道中剧毒了，他想起身找人求救，没想到脚已经失去了知觉，摔倒在地。

康王的意识渐渐模糊，但求生的欲望还是让他用微弱的声音喊着救命……

也不知过了多久，康王渐渐苏醒，发现自己躺在一间茅草屋里，一对老夫妻愁眉不展地站在边上。

"老头子，他醒了。"那阿婆对着阿公说。

阿公显然也看到康王苏醒了，说："他的毒我虽然吸出了一些，但他中毒太深，要赶快去找陶不看，不然他的腿就保不住了。"

"老头子，就没其他办法么？这陶不看脾气怪，他三不看；当官的不看，落难的不看，没钱的不看。"

阿公叹了口气："我当然知道陶不看的脾气，可这小伙子不找他不行，他虽然穿的是绫罗绸缎，但没穿官服，应该不是个当官的，看他斯斯文文的样子，应该是个读书人，这读书人不在他不看之例，现在就是钱的问题了。"

"要不，我们将祖上传下的那块地押给他试试。"

听了这话康王好一阵感动，他挣扎着想起身说什么，又一阵钻心的痛，头一歪使晕死过去了。

等康王再次醒来时，已经躺在一座小院子里，里屋传出了一个陌生的声音："快弄走，快弄走，我这里不留不明不白的人。"

"陶先生，他还没醒，能不能让他在这里再观察一下，以防万一。"阿公的声音。

那个被称为陶先生的火冒三丈："毒物已经给他拔了，草药也给上了，你不相信我还带他来干什么？"

"陶先生，您别误会，别误会……"里屋退出了唯唯诺诺的阿公和阿婆。二人见康王醒了，可开心了，阿公也不顾自己年老体弱，背着康王跌跌撞撞地往家走，好在离得不远，不一会儿就到了家。

康王的毒虽然拔了，可依然不能下地，加上长时间的逃亡，身子十分虚弱，连张口说话的力气也没有，不一会儿便沉沉睡去。阿婆见康王如此虚弱，就将家中唯一的老母鸡杀了，炖了喂给康王补身子。

这陶不看的医术还真高明，第二天，康王醒来时已觉得伤口没那么痛了，他试着下地走了二步，虽然还不是很方便，但明显好多了。

这时，阿婆端了稀饭进来，见康王下床了，忙放下碗招呼说：

"孩子,你的伤没好,要多休息,可别下地走动了。"

康王俯身谢过阿婆救命之恩,说自己已经不碍事了。说着沿床沿坐着和阿婆攀谈起来。说良心话,昨晚这一觉,是他流亡生涯中睡得最踏实的一觉。

在谈话中康王得知:阿婆的老公名叫木根,附近一带的人都叫他木根伯,他们有个儿子,早些年服了兵役,一直没有消息,两位老人家靠祖上传下的一块薄地艰难度日。

说着说着,阿婆"啪嗒啪嗒"流起来眼泪。原来,为了给康王治蛇伤,二位老人家将那块薄地抵押给了陶不看,以后的日子,还不知道怎么过呢?

就在这时,木根伯进门说:"村口来了一大堆乌珠兵,在挨家挨户搜查,说是抓什么漏网之鱼。"

康王知道木根伯口中的乌珠兵就是金兵,这里是万万不能待了,他心里感激着这对善良的夫妻,眼下,他们为了自己将地抵押了,这日子叫他们怎么过呀!康王摸了摸衣兜,长长叹了口气,自己的口袋也是空空如洗,怎么办?康王心一横,扯下腰间的玉璧交给二位老人,说:"老人家,待天下太平时,如有什么困难,可拿这玉佩去找当地官府,定能如你所愿。"二位老人正要问什么?乌珠兵的声音已经传来,康土来不及解释,找了根木棍当拐杖,打开后门往西北方向跑了。

在乌珠兵嘈杂的声音中,二位老人才知道自己救的是康王赵构。后来康王在杭州登基,黄湖一带遭了蝗灾,木根伯抱着试试看的心情拿着玉璧去找官府,希望减免灾民赋税。没想到,这事居然成了。康王在木根伯家养蛇伤赐玉璧的故事也就传开了。木根伯住的地方,就被百姓称为"赐璧"了。

马岭古道

赐璧村的马岭古道可追溯到北宋末年。当时,村上有个年轻箍桶匠,手艺非常了得,特别是经他之手箍的杀猪桶,就算竹子打的箍被虫子蛀断掉,也滴水不漏。

小箍桶匠出了名,不但十里八乡的人家请他箍杀猪桶,径山、黄湖、鸬鸟、百丈、彭公等地的人家都请他去箍杀猪桶。小箍桶匠长年累月挑着他的桶匠担,这个月去鸬鸟,下个月到百丈,下下个月又赶到彭公,甚至还要去余杭、瓶窑等地去箍杀猪桶挣钱。

为了赶时间,他走的都是山间小道,有时还要走樵夫砍柴闯出的捷径。每次在请他箍桶的东家面前出现,都比他们预期的时间要早上半天甚至一天,大伙都说他有钻洞术,越传越邪乎。

后来,机缘巧合,小箍桶匠在王位山得到一本《六甲天书》,书中不但有行兵布阵之法,还有奇门遁甲之术。据说,秦末张良得此奇书,助刘邦打下了江山,建立大汉王朝。小箍桶匠早看不惯朝廷的腐败,读了一半天书之后,觉得自己能领兵打仗打败朝廷官兵,在江南成就帝业了。

于是他召集了数万穷苦大众,登高一呼,揭竿而起,杀官兵,

开仓放粮,迅速占领了江南几十个州县。等宋徽宗得到消息,小箍桶匠已在江南自封"圣公",建立了"永乐"王朝,与朝廷分庭抗礼。

朝廷派兵来镇压,小箍桶匠手下的农民军兵器不足,也没经过正规的训练,如果与官兵硬碰硬,肯定必败无疑。好在小箍桶匠熟悉浙北到浙西再到徽州的地形,因为之前替人家箍桶,还知道好多条隐秘的山路捷径,于是,带领义军队伍翻山越岭,拓宽山路,加起石桥,神出鬼没,出奇制胜,一时间打得官兵落花流水,丢盔弃甲而逃。

小箍桶匠的部队不但没被消灭,还从官兵手中夺取了大量的武器、马匹、粮草。可惜义军队伍发展壮大后,小箍桶匠低估了北宋朝廷的决心和实力,当朝廷几路重兵挺进江南,敌众我寡之际,小箍桶匠只好带领义军退守到一夫当关、万夫莫开的险隘之地——帮源洞,准备保存实力,东山再起。

不料,义军内部出现叛徒,把帮源洞和义军开拓的马岭古道线路图献给了朝廷的军队首领。最后,小箍桶匠在杭州被武松单臂擒获,用尽全力没有挣脱而活活气死。

说到这里,大家早知道小箍桶匠是谁。没错,他就是大名鼎鼎的北宋起义首领方腊。

方腊被朝廷镇压后,他带领义军开拓的马岭古道也公之于世。

遗憾的是,因为这条古道是方腊带领"反贼"开拓出来的,官府虽然没有禁止乡民和商贩继续行走,但一直没有拨款修路给老百姓提供方便。官府不支持修路,三县的富商们也不敢捐钱修路,唯恐得罪朝廷落得个诛灭九族的下场。

　　几百年来,只有沿途的村民们悄悄铲除古道上的杂草,偶尔清理一下被山洪冲毁的山道。因为没人敢大规模地修路,马岭古道虽然终年有人行走、商旅不断,但道路越来越窄,越来越难行。

　　直到清朝乾隆年间,马岭脚村出了个叫朱百万的富商,看到古道年久失修,道路又窄又险,许多石桥面临倒塌。经常走马岭古道往返江浙经商的他实在看不下去了,想出钱请人修桥铺路。家人和亲朋都极力反对,说方腊起义虽然过去了五六百年,但在朝廷和皇帝眼里,他就是个造反的"逆贼",你公然修他当年走过的路,别人还怀疑你想学他造反哩,到时治你一个谋反的罪名,不但连累家人,就连亲朋好友也会受到牵连。

　　朱百万只好作罢,可没过多久,发生了一起村民摔下断桥身亡的事故,让他又重下修理古道的决心。有人帮他出了个主意,说当今的乾隆皇帝常下江南微服私访,何不以此为借口去修马岭古道呢?

　　于是朱百万便以乾隆皇帝下江南,微服私访或许要走马岭古道的借口,捐出巨资请沿途村民重修古道。历经数年,终于把马岭古重新整修。

　　马岭古道修好后,几百年来行人如织,商旅不断,不但加强了沿途三县上百村庄的联系,繁荣了经济,甚至官员上任出巡,也要走这条捷径。直到解放初,马岭古道还是连接这些村庄的重要途径。

陈家岭古道

早些年,赐璧村的陈家岭上古木参天,柴草茂盛,只有樵夫们上山打柴留下的几条断断续续的山径路影。

山下的小镇住着百来户人家,除了种些稻米、苞谷,还要靠狩猎、打柴来维持生计。在这些猎手兼樵夫的男子汉中,有个叫陈英杰的小伙子,不但人长得俊,而且力大无穷。他能挑着两三百斤的柴担在林间小道行走自如,活擒两百多斤的野猪一个人扛回家。

英勇猛威武的陈英杰成了小镇的猎王,好多农户人家的闺女都想嫁给他。陈英杰偏偏情有独钟,看上了财主陈有财家的大小姐陈小凤。

一个是砍柴打猎的猛士,一个是足不出户的千金大小姐。按说他们应该没有任何交集,怎么会产生爱情呢?

这还得从这年冬天的一张重金求胆启事说起。这年冬天的一个夜晚,财主陈有财家的大小姐陈小凤半夜起床时,看到一个白色的鬼影从闺楼窗前飘过,还发出一阵阴森森的怪笑,吓得陈小凤花容失色,大喊"有鬼"。受此惊吓,陈小凤晚上不敢睡觉,白天也疑神疑鬼,结果不到一个月,原本珠圆玉润的美人竟变得骨瘦如柴。

陈有财一直视女儿为掌上明珠,立即请郎中给女儿治病,可

请遍了方圆百里的郎中,开了不少药方,陈小凤的惊吓之症不但没有缓解,反而更加严重。

最后,陈有财去杭州请来了"赛华佗"刘一贴,开了一个方子说保证药到病除。可是其中一味药引非常特别,需要一颗新鲜的豹子胆。

人们常说胆大妄为者是吃了熊心豹子胆,随便吃一样就天不怕地不怕。可是这新鲜豹子胆可不是想有就有的,豹子凶猛不亚于老虎,野猪见了也退避三舍,何况是人。

有道是重赏之下必有勇夫。为了治好宝贝女儿的病,陈有财不惜开出了一百两银子的高价,张贴悬赏启事,只求一颗新鲜的豹子胆。

悬赏启事贴出后,十里八乡的猎人都带上兵器,进深山老岭擒拿豹子。结果半个月过去,他们连豹毛也没见到一根。

为了刺激这些猎人,让他们全力以赴,早日为宝贝女儿取得豹子胆做药引,陈有财把赏银加到了三百两,还承诺如果是未婚的年轻猎人活擒豹子,就把女儿嫁给他。

早听说陈家大小姐温柔贤淑、貌美如花,这样一来,年轻的猎手们如同打了鸡血,没日没夜地穿梭林中寻找豹子。只有陈英杰一点不为金钱和美色所动,依旧伐薪烧炭挑到集市上叫卖。

从小没了爹娘的他早有自知之明,像自己这种无父无母、住茅屋穿布衣的穷小子是配不上锦衣玉食的富家大小姐的,陈有财只不过是救女心切,忽悠那些癞蛤蟆想吃天鹅肉的年轻猎手罢了。

可万万没有想到,这天晚上一只金钱豹竟然自己送上门来,闯进了他的茅屋。出于本能,陈英杰挥起铁拳,将这头金钱豹制服。本来他想扒了豹皮割了豹肉腌制起来,顺便把豹骨卖给县

城的药店,再买些美酒回来过一个肥年。

谁知他与豹子的打斗声惊动了左邻右舍,陈有财得到消息,立即拿着三百两银子上门来求豹胆。在对方再三请求下,陈英杰才扛着金钱豹去陈有财府上活取豹子胆。

陈府内灯火通明,大伙都围在院子里看活擒豹子的大英雄陈英杰杀豹取胆,就连足不出户、病得骨瘦如柴的陈家大小姐陈小凤,也在丫鬟的扶持下,站在二楼窗口,一睹陈英杰风采。

有了豹子胆做药引,陈小凤的惊恐症果然药到病除。可是她又得了相思病,她看上了高大英俊、英勇无敌的陈英杰。本来父亲有言在先,哪个未婚小伙子取来豹子胆就把她嫁给谁,可是等了一个多月,也没等来陈英杰上门提亲。

陈小凤焦急之下,便向母亲询问,母亲却告诉她父亲压根就没想过把她嫁给家徒四壁的穷猎手,要嫁也要让她嫁给门当户对的富家公子。

陈小凤一气之下,发誓今生非陈英杰不嫁,并让丫鬟给陈英杰带口信,让他上门提亲,逼她父亲兑现诺言。

陈英杰做梦也没想到,富家小姐陈小凤竟然是一位知恩图报、有情有义的奇女子,加上丫头还带来了陈小凤的画像,他不禁被陈小凤的美貌打动了,决定不自量力,登门去向陈有财提亲。

可不出所料,当陈英杰带着聘礼,在媒婆的陪同下去向陈有财提亲时,陈有财一口就回绝了,说当初自己是救女心切,才随口许下婚约。不过,他可以再补偿陈英杰二百两银子,加上之前陈英杰没收下的三百两,总共五百两,足够他盖新房娶上三妻四妾了。

陈英杰说要不是看他女儿有情有义,他才不上门来提亲,更不要他的臭钱。陈有财冷笑着说,那就赶紧死了这条心,他是不会把女儿嫁给穷小子的。

话没说完，陈小凤就冲了出来，跪求父亲要讲诚信，把她嫁给陈英杰，哪怕吃糠咽菜，她也心甘情愿！

陈有财恼羞成怒，大骂女儿不知羞耻，喝令家丁把她关进闺房，没他允许，不准踏出闺楼半步。接下来，又把陈英杰和媒婆赶出了家门。

陈英杰自然咽不下这口气，加上亲眼看见陈家大小姐陈小凤的花容月貌，亲耳听见她当面说出愿意跟他吃糠咽菜的决心，决定回去之后要好好打猎砍柴赚钱，然后去县城开店做生意，奋斗几年衣锦回乡迎娶陈小凤。

可是不等陈英杰付诸行动，陈有财就把宝贝女儿许配给了邻村的富家公子，并定在大年正月初九拜堂成亲。陈小凤誓死不从，她让丫头偷偷给陈英杰带口信，让他想办法带她远走高飞。陈英杰思来想去，最后想到自己曾误打误撞穿过陈家岭的密林，去到平常要走百里路的村子。于是叫来几位可靠的兄弟，披荆斩棘拓开一条隐蔽的林间小径，然后，趁一个月明之夜，翻墙潜入陈有财府上，撬开房门带走了陈小凤，两人借着月光一起穿越陈家岭，天亮之前就到达县城，然后前往杭州谋生。

陈小凤识文断字，陈英杰吃苦耐劳，小两口在杭州开了一家木炭铺，经过数年经营，生意越做越大。后来他们带着一双可爱的儿女回到陈家岭小镇，陈有财夫妇看在外甥、外甥女的份上，勉强认了陈英杰这个女婿。

陈英杰和陈小凤夫妇为了让乡亲们把打来的猎物和烧出的木炭运到外地卖个好价，就出钱修了当年他们月夜私奔走过的林间小径，于是便有了这条见证他们爱情的陈家岭古道。

里 三 村

里三村位于黄湖镇东北,即王位山脚东南方。该村1958年命名为里三村大队,1967年更名为红心大队;1982年2月复称里三村大队,1983年8月定名里三行政村;2003年9月,村规模调整时,将原里三村、塔边村、东坞村合并为一个行政村,命名青山村。

王位山东边有座山峰叫狮子峰,站在山下往上瞧,狮嘴崖向西向前向上如狮嘴巨张、怒吼着,颇有一番闻风而动之气势,让人称绝。狮嘴崖下是千仞峭壁,半腰中有个老鹰洞;其形如雄鹰展翅,中间高三米多,两翼各长十余米,故名。

相传,洞内住着两只凶恶的秃鹰。一日,隐士黄某,采药来到岩下,听到岩中有婴儿啼哭之声,他急忙攀上悬崖,冲进鹰洞,杀死秃鹰救出婴儿,后收为义子,因是鹰巢中救得,故取名黄巢。

小黄巢跟着义父学会了十八般武艺,长大后,文韬武略,胸怀大志,在王位山招兵买马,扩充队伍,自立为王。是日席间,黄巢听信部下之言:"大王欲一统天下,不能讲仁慈,要心狠手辣,要干一件让世人震惊的奇事,就是要用亲人的头来祭天地,来树立自己的威风,让世人闻风丧胆。"黄巢听后马上决定,要杀亲人

就要杀自己的娘舅,当即下令封锁要道、关隘,翌日午时三刻杀舅祭天地。

黄巢要杀娘舅的风声传到黄母(义母)那里,黄母了解义子敢言敢做的秉性,担心自己的弟弟难逃此恶劫,就命随从给弟弟报信,让其及时躲避。

黄巢的娘舅杨柳忠,闻信大惊,得知四面道路已被封锁,一时又想不出有好的藏身之处,就独自一人来到门前池塘边,见塘边有棵杨柳树,顿时高兴得跳起来道:"我有救也!"因为此树年代久远,树中早已烂空,树洞口对池塘,不易被人发觉,于是杨柳忠就爬进树洞躲藏起来,待过明日午时再设法逃生。

第二天上午,黄巢在王位山顶设立祭坛,他亲自带着士兵直奔娘舅家,不见其人,急忙命人四处搜索,务必在午时三刻拿到人。午时三刻将近,黄巢急得满头大汗,抬头一看前面这棵杨柳树,顿时想起小时候常在塘里游泳,累了就和几个小伙伴爬到此树洞里休息,不觉大声说道:"吾有得天下之缘也,吾舅叫杨柳忠,此树中空,可谓'杨柳空,杨柳忠也'!"此时正值午时三刻,黄巢急命武士刀劈杨柳树,以树祭天地。武士手起刀落,柳树哗啦一声倒下,树断处滚出一颗人头来,黄巢进前一瞧,见是自己的舅舅,立刻下马跪拜道:"天意!天意啊!"

此后,黄巢下令要杀人八百万,黄母力劝儿子道:"此地是我的血地,不可杀害当地三村乡亲。"黄巢十分孝顺于母亲,当即命令部下要留下里面三个村。从此,里村、中村、下村就被称为"里三村",黄母隐居的那座山,当地村民称为"王母山"。

里三村由来

从前有个和尚,名叫木莲。他从小出家,修炼成佛。他得道后,想起他的老母还在人间,想把她引渡成仙。

一天,他回到家里,对他母亲说:"娘!我已成佛了,孩儿今天回来想请老娘一同登天,修成正果。"他娘一听非常高兴。于是他娘换上衣衫,由木莲背着,腾空而去。也不知行了多少时间,他们来到半天里,他娘口渴得要命,就对木莲说:"儿啊!娘口渴死了,你去给为娘弄点水来喝喝吧!"木莲心想,这是半天里,哪里去弄水呢?但又不愿让他母亲干渴。他放下母亲,叫他娘坐着等待。

木莲行云而去,来到龙皇行雨的地方,只见老龙上下翻滚,全身是汗,一点一滴地往下淌。木莲取出一个随身携带的罐,在龙身下面接了片刻,已满满的一罐了,回到原处递给他母亲,他娘连连喝了几口,抽了一口气,回味一下,觉得这水与众不同,味道特别鲜美。她问木莲:"儿呀!这是什么水呀,这么好吃?""龙汗!"木莲说。木莲母亲想了想说:"龙汗那样鲜美,龙肉不知怎样好吃了。"

他们母子的对话,巧被天上的顺风耳听到了。顺风耳马上报告玉皇大帝,玉帝大怒,马上派人,查清木莲娘的为人。很快,

玉帝便得到报告，这木莲娘在人间时，是个不善良的人。"她喜吃缸覆笋、火别羊（烤羊）。"什么叫缸覆笋呢？就是把刚出土的笋用缸罩住，使笋不见阳光，不能挺拔生长，只能在缸内盘屈出长，常保笋肉鲜嫩。什么叫火别羊呢？一只活羊，关在一个四周密封的室内，中间放一盆烧得通红通红的火盆，火盆的边上，再放一盆酱油。羊被火烤得又热又渴，就去喝那酱油汤，这样久而久至，羊被烤熟了，肉也咸了。玉帝听后，认为这样的恶人怎能进得了天堂，应把她打入十层地狱。

木莲为了救他的母亲来到地府。但在十八层地狱中，他母亲下在哪一层呢？木莲叹了一口气，用锡杖在地上一顿，唉！一声巨响，十八层地狱的门都被打开了。被关的八百万恶鬼纷纷逃命，投生人间。看守地狱的牢头军师急坏了，他怎向阎君交代呢？无奈，他也投生去了。传说，那时六十岁的老妇和十三四岁的小姑娘都会生孩子了。

木莲因此违犯了天条降回人间，以收复十八层地狱的恶鬼赎罪。因木莲已成了佛不能再从妇女怀中出生，他变成了一个鸟蛋，落在一座古寺山门前一棵大树上的鸟窝里。不知过了多久，一天早晨，寺里的当家师傅柳孔和尚来到山门，听到树上面有小孩的哭声，叫人爬上去一看，原来鸟窝里有个小孩，还有一本天书，书面用黄布包封着。因这孩子出生在鸟窝里，就取名为黄巢。

日子过得真快，转眼黄巢已长到十八岁了。他的师傅柳孔和尚经常叫他上山打柴。一天他在山上打柴时，无意中抓住了一根藤，顿时发出了丁零零的铃声。黄巢吃了一惊，原来他拉住的不是一根藤，而是一匹白马的缰绳。那马毛发雪白，配有马鞍，就在这时一只猛虎向马冲来，黄巢眼明手快，捧起木根打下，这虎不见了，而是一只包袱，黄巢打开一看，原来是一套华丽的盔甲，他正看得出神，一条碗口粗的大蛇张开血盆大口向他扑来，说时慢，那时快，黄巢向边一躲，伸手抓住蛇尾一甩，哪里有蛇？而是一把寒光闪闪锋利的宝剑。黄巢心想这是天意，要我举起义旗，反抗朝廷。于是他就招收人马，伺机起义。

据说，他要收复这八百万恶鬼，他的剑有十里路的剑锋，只要把他的宝剑一举，十里路以内的那批恶鬼转世的人头就会落地。

传说，天书上注明"见柳开刀，遇柳封刀"，柳孔和尚姓柳，又是第一个所见姓柳的人，因此必须以柳孔和尚开头刀。但柳孔和尚是他的师傅，是他抚养黄巢长大的，怎能拿师傅开头刀呢？黄巢感到为难。只得对他师傅讲明，叫他早日逃去躲避一时。柳孔和尚走来走去，找不到安全躲避的地方，忽见前面有一棵怀抱粗的大柳树，树心有一个大窟窿，正好有一个人可躲，柳孔想"这里较为安全"，就躲在里面了。

再说，黄巢起义的日子已到，他一路寻找，总找不到姓柳的人。见前面有一棵大柳树，黄巢心想："柳孔和尚姓柳，那柳树也姓柳，用它来代替师傅吧。"他手起刀落，那棵大柳树齐腰分成了两段。这时，从树心滚出一颗血淋淋的人头来，黄巢感到惊讶，细细一看，原来是柳孔和尚的人头。黄巢感叹地说："这是定数，该杀的人，躲也躲不了的。"

于是黄巢一路而来，逢关而过，打下了不少地方。一天队伍打到了黄湖，他安排队伍驻下，自己带领几个亲随，私自察看，来到一个村口，只见人们纷纷逃避。其中有一对青年男女，背着一大一小两个孩子，大的有十一二岁，小的有五六岁，他们远远落在人们的

后面。这时他俩来到一块桑园里,那女的放下那较小孩子,用背带把那小孩捆在桑树上,两人又迅速背着那较大的孩子走了。

黄巢感到奇怪,于是叫住了他俩,问:"你们为什么不背小的走反而背大的? 如何道理?""你位客官有所不知,这个较大的孩子是我哥嫂的儿子。我哥嫂已经去世,他们生前托我抚养,只留下一根独苗,要是被义军杀了,不是要断绝他们的香火了。这小的是我们的亲儿子,我俩尚年轻,倘被杀了,尚能生育,为了逃得快些,不得不把他留下。"那男青年悲痛地说。

黄巢听后,非常感动,觉得这两人尚有良心。"这样吧,你们不用逃了,回家后,只要在大门上,插上一条柳杉条,我保证不杀你一家人。"他俩听了黄巢的话转忧为喜,四人慢慢地回到了村里。左邻右舍都来问他们,为什么逃而复返? 他俩把黄巢的话对邻居同样地讲了一遍,邻居们都效仿着在大门上插上了柳杉吊。第二天黄巢来到这村,见家家门上都有柳杉条,黄巢亦搞不清这对青年夫妻住在哪里,于是黄巢就命令部队这村的人一概不杀。这村的人们为了纪念这件庆幸的事,就把这村叫作柳杉村,这村的名字代代相传,不知过了多少时间,后来人们把它叫别了,称它为里三村。

但为什么一定要先杀柳孔和尚呢? 柳孔和尚原是十八层地狱的牢头军师,只有先杀了他,才能把要收复的八百万恶鬼管住。

黄巢杀到柳杉村时,想起天书上注明遇柳封刀的话。他想大概八百万恶鬼已经收复,于是登上了黄回山山顶,把他的宝剑深深地插在石缝中,解散了队伍,扬长而去。

据说,有人一早登山,用力去拔那宝剑,能拔起三寸。听说这宝剑至今尚插在岩石缝里。

螺蛳峰与红箱岩

塔边村的村后有一座山峰叫螺蛳峰，红箱岩。这里还有说法呢。

螺蛳峰位于岩山下的正南方，其形上小下大，形似螺蛳，故名。螺蛳峰，四周悬崖峭壁，高千仞，壁上偶有数丛翠绿欲滴的小灌木，峰顶有小平台，大不过十平方米，石兰草和千年老不大灌木围成一圈，形似螺蛳壳上的青苔，随风摇曳，十分秀丽；与周边的九峰半子冈，西侧的红箱岩，构成一幅优美的风景画。当地村民在野外耕作时，均以螺蛳峰的阴影来判断时间，而且十分准确。因此，百姓又称其为自然钟。

"红箱岩"很是高大，形似箱子，呈棕红色，在青山灰石之中分外显眼，与一片绿、灰色的螺蛳山相得益彰，相映成趣。当地村民又把"红箱岩"叫"火警岩"。每当"红箱岩"呈现火红色时，就是预示着周边的村民，要小心火烛，最近几天内有火灾。说来也蹊跷，解放初，塔边村大多数民宅皆以茅草屋为主，只要"红箱岩"呈现火红色时，定有一家民宅被火烧毁，十分灵验。当地村民还有一个顺口溜："要吃螺蛳长丘畈，要吃田螺烂田畈；上不过螺蛳山，下不过王母山；要得宝石'红箱岩'，就是江南螺蛳第一山。"

　　很早很早以前，就流传着这样一个有趣的传说:红箱岩内藏着一箱红宝石。要得宝石需十个同胞兄弟，抬着石钥匙上红箱岩，才能打开红箱岩。一块长长的石板形似石钥匙，就摆在螺蛳山脚下。村中有个财主生有九个儿子，一个女儿。一天，财主把九个儿子和女婿叫到厅中商议说:要得宝石，需十个儿子，方能得到宝石。女婿是半子，可担当，你们千万不要说出来。次日，财主亲自挂帅，站在红箱岩的北侧指挥，十兄弟抬着石钥匙，一步一步地抬到红箱岩，长长的石钥匙一点一点地移上红箱岩;红箱岩，果真"哗、哗、哗!"慢慢地开启。此时，老大心急说:"妹夫，你再用点力——"。话未说完，只听轰隆一声巨响，石钥匙飞到牌楼山，九个儿子与女婿被震飞到山上，化作九座山峰，女婿化作山冈。财主当场被震飞到高山上气死，化作财主峰。

　　财主峰形似人头，光着头，躺在九峰半子冈上，与螺蛳峰相距不到500米，居高临下，昼夜盯着红箱岩，生怕宝石被后人取走。从此，"红箱岩"居中启开一条石缝，红宝石还在箱内，可石钥匙现还在牌楼山村，被村民用来做桥板，当路走呢!

　　如果你不信，可以到塔边村山下去瞧瞧那红箱岩，十分有趣。

瑞六庵之名的来历

　　相传隋朝初年,南京玄武湖畔水月庵中,有一位名叫智贞的师太,过腻了庵中的平淡生活,决定出外云游各地,奢望能追求到今后生活中的些许浪漫,并寻觅建庵新址,找到新的落脚地。一日,智贞师太来到黄湖银子山地界,但见前山(岩山)如龙饮水,后山(凤凰山)似凤瑞玉(民间称凤凰生蛋或天鹅生蛋),四周山清水秀,修竹成林,绿树成荫,是一个十分难得的建庵宝地,顿生建庵之意。于是师太就住了下来,建了草堂三间,供上观音菩萨,每天香烛膜拜,虔诚修行,取名"在落庵",意为:在此结草落庵。师太每天上午在草堂周围劳作,种些蔬菜杂粮,下午去周边村落化缘,虽觉寂寞,倒也自在。随着时间的流逝,在落庵的香火竟也逐渐兴旺起来。

　　到了唐代贞观年间,在落庵已初具规模。此时,庵内主持、尼姑、各种闲杂管理人员已达一百余人。庵殿两进,云房、客舍、柴房、菜园一应俱全,俨然是一座中等尼庵了。那时,在黄湖银子山一带,野猪、乌鸦以及一种形似狐狸的名叫"犹扎狗"的野兽经常不分昼夜地吞噬庄稼,追逐六畜,搅得周边百姓惶惶不可终日。于是,农户们纷纷到在落庵内求神拜佛,希望能得到神灵佑

护,使六谷(即稻、黍、稷、粱、麦、菽)得到丰收,六畜(即马、牛、羊、猪、狗、鸡)获得平安。在落庵的众尼们在师太率领下祈求菩萨保佑的同时,确实也为消灭这些危害庄稼、危害六畜的野兽想了许多办法,做了许多实事,深得周边百姓的拥戴。因此,每天来庵中求神拜佛者川流不息。为顺民意,师太决定:将庵名改为"瑞六庵"(意为吉瑞六谷,吉瑞六畜)。也就从那时起,瑞六庵的名声逐渐大起来了。

至南宋,金兵入侵,宋高宗君臣十余人被金兵穷追不舍,一日逃至黄湖银子山地界。是晚,走投无路,进瑞六庵借宿。师太也因高宗一行言谈举止非凡而破例留宿,还热情招待。为答谢师太的救助之恩,高宗回临安(今杭州)后,敕封师太为"第十七世善济师太",并赐白银两千两。善济师太把这些银两修建了殿堂,又拿多余的银两来雇工,在青龙首筑围堤相抱(时至今日,我们还能在那里看到围堤原貌;在后山,也能找到善济师太的墓址)。瑞六庵,从这时起名声远扬,香火更旺。

清乾隆年间,乾隆帝下江南微服私访到达浙江海宁。但见沿江堤塘低矮且破损严重,钱江大潮袭来时,房屋、农田被毁,百姓生灵涂炭。于是乾隆即刻下旨,近地各州府速筹款资助海宁兴建堤塘,不得有误。余杭县官一接圣旨,想到目前县内财政不景气,急得如热锅里的蚂蚁,不知怎么办才好。师爷献计曰:"久闻北乡瑞六庵有大产大业,可向此庵借贷,以解燃眉之急。"于是县太爷坐轿直抵瑞六庵,向师太说明原委,要求借贷巨款,并于每年上交的税赋中逐年扣还。师太想,今县太爷亲临敝庵洽商,又是皇命,无法推卸,只得从命。想不到大大余杭县要向小小瑞六庵来借贷,岂不大小倒置了吗?

　　大清咸丰年间,由于战乱和瘟疫流行,黄湖一带荒无人烟,瑞六庵曾一度无人管理。到同治时,径山寺派僧人数名来瑞六庵居住并修缮。此时余杭县、德清县两府正愁芜芜的田地无人认领(怕认领田地要纳税),得到消息,均派官员急到瑞六庵对僧人下令:"凡目之所及,所有的田、地、山都归你们管辖,不得违令。"令毕,扬长而去。两县太爷的这道令可愁煞了几个僧人。可谁能想到祸兮福所倚呢!不久,上八府的百姓正愁无田地耕种,得此消息后纷纷来到黄湖瑞六庵,向僧人要求租田耕种,忙得几个僧人每天应接不暇,不得已,急向径山寺、灵隐寺求援。从而促使灵隐寺方丈兼任瑞六庵主持并会同径山寺,率僧十余名前往瑞六庵料理田地出租和田赋收缴归库重任。从此,瑞六庵又迎来了一个欣欣向荣、蓬勃发展的大好时期。到同治末年,瑞六庵的稻谷满仓,佃户上缴的粮米,庵内多得无法储藏,竟要在民间租房立仓。当时,瑞六庵一年的收入比余杭县府三年的税赋收入还多。怪不得人们说"大大瑞六庵,小小余杭县"了。

　　2000年,杭州净慈寺派释果柄法师前来住持,将"瑞六庵"改为"瑞六寺",至2011年完成一期工程;2013年二期工程已启动,征地60亩,投资人民币一亿元,兴建天王殿、大雄宝殿、西方阁、宾馆、安养堂。瑞六寺成为佛教文化、休闲度假、修身养性于一体的旅游胜地。

洗马坑与走马堂

　　洗马坑、走马堂位于高村西北，与百丈古城坪相邻。相传，黄巢兵败，引军退守黄湖，帅营扎在高村宝幢寺，与朱温约定在长乐决战。是日，黄巢引兵数千至长乐被朱温重兵包围，"活捉黄巢"喊声震天动地，黄巢勇如猛虎，举刀斩将杀校，刀起头落，血染战袍，连战马全身都染红了，朱军众将见黄巢如此英勇，皆惧怕不敢向前，黄巢挥刀大喊，率领义军杀出重围，黄巢横刀断后，徐徐向黄湖退去，朱军不敢追击。

　　回到寺中将歇片刻后，黄巢见自己的坐骑全身都沾满了血，就亲自牵马到溪坑里去擦洗。从此后人就称此处为"洗马坑"。

　　次日早起，黄巢召集部下道："尔等随我南征北战，未成大业，而连累大家，今无以酬谢，只有这些金银分给各位，权作路费，各奔前程，我亦将隐退终身。尚有棕骝马为我效劳奔驰疆场，今愿放归青山。望众弟兄在后山平地设一坛，祭马归山。"众人齐声说："好！"

　　于是大家动手，摆好祭坛，旁插旗帜，上放礼、福，点燃香烛，黄巢全副武装，牵马于祭坛中，向爱马下拜，默默地祝愿道："万

古千秋为神马!"并赋诗一首:"神威能奋发,百战勇向前;过河履平地,义辞归山林。"诵罢,黄巢提剑割断缰绳、卸下马鞍,抚摸马身,转到马后在马屁股上轻拍数下,说声"归山去吧!"那马点点头,顿顿蹄,长嘶一声,竖起鬃毛向山上跑去,故此处民称走马坛;因当地方言"坛"与"堂"谐音,故称走马堂。

白 龙 瀑 布

"远望峭壁千尺挂白龙,近瞧仙宫一帘玉玲珑。"一股清流从百米峭壁顶上奔泻而下,万千水珠飘飘洒洒,无不给人以潇洒清逸之感,其回归之境难以言表。自古以来王位山的白龙瀑就有"山中最胜之境"的美称。

白龙瀑,又名白水瀑,当地百姓称白水顶,位于王位山自然风景区西面的峡谷之中,因山冈上有二百余米的长峡终年流淌着清泉,至谷口泻下长长的白练,如一条白龙,故名。白龙瀑高一百多米,崖顶斜卧如沟,中部婉转,下壁宽十多米,落瀑至此化作万千条珠帘飘洒而下,两侧灌木成荫,中挂洁白如练,游人至瀑下顿感"峭壁千寻晴拂雨,明珠万颗昼垂帘"之奇观。登上白龙瀑,便是白水顶,小白龙就住在这里,故称龙峡冰窟,二百余米的长峡,一线穿苍。

民间相传当年黄巢引兵攻占杭州,兵营扎在洗马坑。是年大旱、山涧断流,无水清洗战马,膘气熏天,惊动玉帝。玉帝下旨,派小白龙下凡赐水。小白龙来到长峡口,张口喷出清凉白水,流向山涧。黄巢兵将无不举手称贺,感谢苍天!一时间,人马纷纷沐浴,场面壮观。小白龙贪玩,见这场面高兴得忘了收水,延误时辰,玉帝大怒,就罚小白龙留在王位山思过。

从此,此山流下的水都是白色,长流不断,故称白水顶。

47

宝幢寺

宝幢寺,位于余杭区黄湖镇北屏——王位山西南面的半山腰上。据明万历《余杭县志》载,宝幢寺建于唐乾符元年(874),僧知名建。宋治平年间改名崇觉,元仍旧名,元末(1367)兵毁。明洪武三年重建,后遭破坏,现还留有大雄宝殿一进以及放生池,残墙断壁等遗迹,占地三十余亩。

宝幢寺,背靠王位山西南的来龙岗下三面环抱,相传,"釜托寺(百丈镇)有条龙,想找一个好住处,先到回龙寺(北湖),一看不是好住处,再到宝幢寺,看看确是好住处,就化作山冈来护寺"。故名来龙岗。当时余杭北乡的宝幢寺、径山寺、釜托寺,呈鼎足之势,香火甚旺。宝幢寺正对面的群山起伏,气势磅礴,四周环境优美静谧,空气清新,景致宜人,待到春天,则是花的世界、鸟的天堂,确有一番"花不醉人人自醉"的意境。西南面为人间桃源,占地二百余亩;西北侧广植青梅,与寺基内的樱桃、红梅和来龙岗的山花构成"桃源仙境"之奇观。

宝幢寺的樱桃在杭州最著名,正月开花,立夏采摘,颗粒饱满、大小均匀,色质红润,味鲜美、香甜。现在宝幢寺四周已经发展成为余杭区最大的青梅基地和水果基地,当地村民都称它为花果山。

相传，唐乾符五年（公元878年8月），黄巢引兵至余杭与朱温（公元907年灭唐，称后梁武帝）所部在长乐大战、帅营就设在宝幢寺，故有"洗马坑、走马堂"的传说。

又相传，南宋高宗君臣为避金兵，率众走西北山道，至宝幢寺，向佛祖膜拜祈祷，感动了佛祖，佛祖施法，移"祠山"（今高村灰窑山）于观霞岭（即今黄湖上街观霞岭）挡住金兵去路，金兀术无法进兵，就率众向京杭大道退兵而去。后宋高宗率君臣与主持僧众在高村村东口（现高村健身园）御封祠山（现称灰窑山）为"祠山大帝"，从此宝幢寺香火更旺，名震大江南北。故后又有明洪武三年重建宝幢寺，以褒来龙岗之神灵，香火继燃，神灵永存。

宝幢寺，是原余杭北乡最大、最古老的佛教古刹之一，"宝幢佛界"蕴藏禅道包容万象、包罗世界和佛教所向的寓意。这里群山环抱，果园林立，更有"宝幢圣水""风洞余音""白水顶瀑布"的奇特景观。

民间还传说，来龙岗上有个风洞，老龙王死后就葬在此洞中，小龙王每年清明节前后都要来此上坟祭祖。小龙王带领各路神仙一到，风雨大作，雷电交加，洞内五音齐凑，悦耳动听，小龙王走后，洞内余音袅袅。当地人们从此把风洞敬为洞天仙府，称为仙人洞。为保护仙人洞，公元874年，由僧知名禅师牵头，民间捐资兴建，取名"保洞寺"，后按佛教禅语取名"宝幢寺"，申报官府备案。

来龙岗宝幢寺

很久很久以前，有条金龙从东海途经王位山，见这地方山清水秀，便按下云头到山中游玩，到一座山冈时，不知不觉就被这里的景色迷住了，它见边上有一山洞，干脆住在山洞中不走了。

山洞中住了龙，那还了得，当地百姓将那山冈称为"来龙岗"，纷纷焚香燃烛前去膜拜，那金龙见百姓如此虔诚，自然高兴，但凡村上出现干旱，都会及时行云施雨。双方相安无事。谁知时间一长，问题来了：这金龙毕竟不是凡品，睡觉时呼噜声惊天动地，吵得百姓无法安睡，更要命的是，这金龙经常要出来游玩，它一出洞就刮狂风，村民住的是茅草屋，被风一刮，茅草屋顶经常会被刮飞，百姓有些惶然。保长见这样下去也不是个事，召集村几个族长商议对策。有人说去求菩萨，将这金龙赶走。有人马上反驳说，这金龙虽然有诸多不是，但它并没有刻意祸害百姓，干旱之时，它都行云布雨，造福百姓，也算一条好龙。它出行引起的狂风暴雨，也是无心之举，赶走它，于理不通。

既然意见不统一，怎么办呢？商量了好久，才决定去百丈釜托寺求菩萨，让菩萨给拿个主意。

到了釜托寺，保长跪求说：菩萨呀！我们村后山来了条金

龙,这龙是神物,大家都很高兴。可是,它住下后,呼噜像打雷,出行刮狂风,我们该怎么办呢?求菩萨指点呀!

菩萨是泥塑的,当然不会回答,保长见菩萨不回答,就一直跪着,就这样跪了二天,到了第三天晚上,跪在菩萨前面的保长扛不住,竟睡着了。

朦胧中,保长听到菩萨对他说:"世界万物,相生相克,龙有神降,虎有仙伏。"

话音一落,保长猛地惊醒,他相信这是菩萨指点了他,回家之后找了个高人求教,高人说:"降龙和伏虎都是罗汉,菩萨的意思是让我们塑降龙罗汉,镇住神龙。"保长觉得有道理,当即挨家挨户去做村民的工作,让他们有钱出钱,有力出力,塑一个降龙罗汉。好在塑一个罗汉成本也不大,很快,罗汉塑好了,虽然比较简陋,但说也奇怪,洞中金龙的呼噜声变成了悦耳动听的袅袅清音,金龙也不出来闲逛了,高村也再没有遭受金龙出行时的狂风侵扰。就这样,金龙居住的那个洞被老百姓称为"风洞",那条山冈被老百姓称为"来龙岗"。

到了公元874年,风洞前的降龙罗汉已经斑驳不堪,那一日,知明禅师云游路过,见来龙岗气势非凡,风洞龙气十足,遂牵头集资兴建寺院,取名"保洞寺"。后按佛教禅语改为"宝幢寺",申报官府备案。宝幢寺落成后香火旺盛。明洪武三年,宝幢寺重建。现虽然仅剩遗址,但地名流传了下来。

官帽石

官帽石位于王位山主峰西南的来龙岗侧,与狮子顶遥遥相对。上白水顶(白龙瀑布),走白龙涧,往东南登百余米,见有一座巨岩,状如古代文官戴的官帽,怀抱尚方宝剑,侧立在陡峭无比的山冈上,这里被乡民称为官帽石,亦称"乌纱帽"岩。

相传,那年黄巢兵败,在洗马坑筑坛,祭马归山,解散兵马,黄巢归隐王位山,不久到青田青云寺出家,皈依佛门。有个贴身侍卫不肯离去,随着黄巢足迹,远远相随。这名侍卫头戴官帽,身穿绿色长袍,怀抱尚方宝剑,站在来龙岗侧,以求黄巢不要灰心,重整旗鼓,再度出山,高举义旗,以救苍生。这名侍卫就这样站在那里等啊等,黄巢就是不露面,最后就站着饿死在那里;官帽和宝剑都化成巨石,并立在山冈上,长袍化作灌木,永远围护着官帽石和宝剑石。从此,人们为了纪念这名侍卫,便把这座巨石称为"官帽石"。

如今,官帽石依然默默无言地耸立着,但那名侍卫期盼和拯救苍生的精神和故事却永远在民间流传。

龟 印 石

龟印石位于高村东北方,地名大坞,在王位山古道旁。岩石四米见方,形似皇印。据说,是黄巢的皇印化作印石,紧依在乌龟石旁。龟、印合一,真乃鬼斧神工,堪称王位山一大奇观。

乌龟石,长十余米,高一米多,静静地卧在印石上方,长年累月,忠诚地守卫着皇印,生怕皇印被人盗走。

民间流传着这样一个神话:王位山有一巨龟修行了千余年,得道成仙,法力大无边,在王位山称王称霸。当年黄巢兵败,弃皇印于古道旁,被神龟得到,神龟高兴万分,就在山上招兵买马,准备造反,更有那些妖魔鬼怪纷纷投其麾下。神龟还去请东海龙王助其一臂之力,龙王不答应,并劝其解散兵马,归顺东海。神龟听后大怒,要与龙王斗法,双方约定在王位山大坞里决斗。是日,东海龙王还邀请雷公雷母助阵,刹那间乌云密布,风雨大作,雷电交加,龙王按住龟背,电光一闪,霹雳一声响,震天动地,将龟甲击得四分五裂,龟头被劈断飞出200米外的小山坡上,神龟气绝身亡化作巨石,龙王撒手归东海。至今在龟背上留下一个深深的龙爪印,龟头挂在小山坡上朝着龟身张望着。那些妖魔鬼怪也纷纷被雷公、雷母击毙,皆化成怪石,有的像石蛙,有的

像猪、猫、狗等,其中一块民称"公鸡管门石",栩栩如生,皆分布在龟印石前方。

龟印石,民间还有这样传说的,说是"黄巢弃印归山"。相传,当年黄巢兵败,在走马堂祭马归山后,独自一人上王位山,路过大坞,心想留着皇印又有何用,想罢,随手将皇印抛向古道下山涧灌木丛中,他部下一将领悄悄地跟在黄巢身后,见此惨景,潸然泪下,就在皇印斜上方,即古道旁,化作巨龟来守皇印。黄巢得知后,急忙下山来劝阻,走到近前一瞧,这个将领已化作龟石,皇印亦化作印石,黄巢躬身下拜,起身挥泪而去。从此,龟印石便成王位山脚的一大奇观。

后人至此,无不啧啧称奇的。

龙峡冰窟

　　龙峡冰窟,又名龙潭冰窟、千米寒峡、一线苍穹。此处,下悬白龙瀑布,上接黄巢兵营,东靠王位(山)天风,西连西房坞,与狮子(山)天风遥遥相对。夏日至此顿感凉风习习,清凉无比,暑气顿消。冬天结着厚厚的白冰,形如一条长长的白龙在此冬眠,故称龙峡冰窟。

　　窄窄的寒峡,两侧生长着灌木,树冠遮天蔽日,只有中午时分才漏入一线锋芒,故又称一线苍穹。其间分布着三座小瀑潭,终年流淌,宛如三条寒龙在这幽深的峡谷中尽情地欢歌流淌。

　　步入谷口,顿感阴森森,令人悚然惊畏,驻足不前。至壁下仰观峭壁高千仞,那么平整,那么光洁。顺壁走至清泉三潭,潭水清澈,偶有几只金龟在水面自由滑翔,泉水哗哗,落潭淙淙,如铮伴奏,十分动听,令人流连。

　　攀双崖潭,如登天堑,只有勇者才能过,蓦回首,窄窄峡谷,状如壁树洞天,幽暗阴森,不见天光,寒意浓浓。转中瀑,涧瀑连绵,往里瞧峡深谷暗如洞,孤身一人不敢进。翻"涧岩洞",至"壁下听瀑",瀑声隆隆。朝来路瞧,阴森长峡,形似一线天光,格外幽深。坐在涧石上、手触泉水、顿觉冰凉,寒气袭人。

登仙女潭、观瀑崖、崖暗瀑白,民称仙女白练长二十余米,水缓,自练轻飘,水急白练如潮,十分好看。

　　出峡谷,回首瞧,说是一线天光,又是龙峡冰窟;说是千米寒峡,倒不如说是龙潭冰窟。

狮子拜佛

　　狮子拜佛,位于王位山主峰东面毛竹丛林中。据《余杭县志》载:有座古寺——梅林寺,属百柱寺院,南宋末年元兵毁,现存寺基、围墙脚和进寺主道。主峰东山坡像弥勒佛盘腿仰坐在那里,梅林寺就坐落在弥勒佛两腿盘曲正中,寺门正东前面有座山叫狮子山,故名"狮子拜佛"。

　　相传,弥勒佛东游,来到王位山,见两只雄狮和一只蟾蜍已修炼成精,为争霸主,两只雄狮在馒头山西南,一只蟾蜍在馒头山东北拉开阵势准备决斗,将为害民间。弥勒佛见状大吃一惊,就显身坐落在王位山主峰东侧讲佛,两只雄狮和一只蟾蜍听得如痴似醉,弥勒佛又用佛法将它们收归法座下。这时,弥勒佛对两只雄狮说:"吾就坐在此山上,尔等永归佛门的话,就化作两座山,一座在吾的西面,一座在吾的座前。尔等愿否"?两只雄狮齐声应道:"愿听法旨!"这时蟾蜍也急忙应道:"愿意。"故今天,一只雄狮在王位山主峰的西面山冈上卧着,另一只在弥勒佛座前的山冈坐着,蟾蜍在馒头山东北古道旁化成巨石(见下页蟾蜍朝山图),它们的头都向西天仰着。

　　唐乾符年间,黄巢兵败,率众弟兄在王位山归隐,居住在(主

峰东山坡)弥勒佛的胸腔下部和肚脐眼上部,改姓王氏,不久又在部分王姓兄弟中改姓汪。

南宋末年,文天祥北上勤王时,在梅林寺设兵营,故在梅林寺周围留有放马场、练兵场、点将台等遗址。京城临安(杭州)沦陷后,元军包围王位山,宋勤王师溃败,梅林寺随即被毁,今留有寺基和围墙脚。

梅林寺遗址前有梯田二十余亩,前岗平坦,现是三十余亩的毛竹林,四周高起,十分陡峭,古代确是兵家安营扎寨的好场所;今天也是开发休闲度假的好地方。

桃源里古村落

古村落高村位于余杭区黄湖镇北——王位山半山腰,唐代称寺前村,南宋初改名高村;至明代中叶,成为富甲一方的小山村,2007年被定为古村落。

古村落背靠王位山,东依祠山,西临狮子岭,后门山老龙喷水,前门山鳄鱼守卫,村东涧水终年流淌,参天大树环绕村村,衬托着白墙黛瓦,粮油自给。村中居住着朱氏、杨姓、张家三姓人家;山村置有东西南北四座村门(解放初被毁),石子铺路,中间分岔,外地人进村,难辨东南西北;正面南门两旁插立旗帜四面(现还保存三块旗杆石);明朝中叶,小山村步入鼎盛时期,如张三房主屋堂前悬挂着金华巡按题匾(2002年春不知去向),匾辞"来官不接,去官不送",其兴衰鲜为人知。

据传,唐代村后半山腰建有宝幢寺,故名寺前村。四周水蜜桃、樱桃环绕,环境优美静谧,空气清新,景致宜人,待到春天,则是花的世界、鸟的天堂,与来龙岗的山花构成"桃源仙境"之奇观;因此,村民又自喻桃源里,现村东还保留着这个小雅名。

南宋初,高宗君臣为避金兵,走西北山道,至宝幢寺,向佛祖膜拜祈祷,感动了佛祖,佛祖移祠山(今高村灰窑山)于观霞岭

（即今黄湖上街观霞岭）。是日，金兵紧追其后，至观霞岭，只见浓雾漫天，隐隐约约地见到有庞大的"祠山"挡住去路，无法进兵，金兵就向京杭大道退去。高宗闻报大喜，即刻来到村前，对着祠山，躬身膜拜，封祠山为"祠山大帝"。嗣后，村庄主就将村名改为高村（取高宗皇帝光临本村之意），故此名一直沿用至今。

南宋末，高村曾是南宋勤王师的兵营。当年元军南侵，文天祥在江西起兵勤王，护驾于临安（杭州），分兵驻守高村。北守独松关，东扼马头关，两关吃紧可驰援，京城危急可包抄，关内夹攻有所备。后又移师王位山上，兵营设在梅林寺（民间称"狮子拜佛"，宋末元兵毁），现留有梅林寺遗址，点将台、放马场、练兵场，哨所等遗迹。

明初兴修水利，土木、石灰是主要建筑材料之一。高村东侧的祠山上的石灰石，烧出的石灰质地特好。官府置有官窑百余座，曾派官窑监吏朱、杨、张三人来此皆管石灰烧制。从此，朱、杨、张三家就在高村安家乐业。至明代中叶，高村成为富甲一方的小山村，故有"来官不接，去官不送"的鼎盛时期（原村内留有石臼一百余只，有大的也有小的，有高的也有低矮的，有精致的也有粗糙的，2007年底被外地人收购，现存近三十只残缺不全的）。

大清嘉庆（1796—1820）初年，有一天，一个风水先生路过高村，在村门口贴了一张谶语："老虎吃'羊'，'猪'逃走，'獐'不发。"村民甚觉奇怪。至清道光（1821—1850）年间，鸦片战争失败，清皇帝下诏，要地方青壮年练武强身，保国雪耻。高村设武坛，男丁都能举杠铃二三百斤，强者能举五百斤，一脚能踢起石臼，飞出七八尺远，刀、枪、棍、棒，件件会使，高村又有"小梁山"之

美称。

1851年,洪秀全金田起义,进入杭州。此时,高村朱氏家族北迁,曾经繁荣昌盛的张家只剩独丁继承香火,而杨氏家旅,人丁兴旺,其产业及朱氏、张家的田地房产均由杨氏家族接管。

太平天国后期(1863—1864),湘军收复杭州府后,杀良冒功,黄湖山区一带,及村中杨氏家族众丁惨遭屠杀,民众所剩无几。据传,至19世纪80年代末,由嵊县两头门人前来此村中,见祠堂间里白骨遍地,庭园、屋中、房内白骨随处可见。故应了"老虎吃'羊'(杨),'猪'(朱)逃走,'獐'(张)不发"之语。

高 村

　　高村为王位山村下辖自然村,位于王位山脚,唐称寺前村。该村东依祠山,西有狮子岭,后有龙喷水,前有鳄鱼岗,是一个易守难攻的山村。明初,寨内住朱、杨、张姓三族,石子铺路,中间分岔,外人进入,难分东西南北。山村南门,有立寨旗墩四个,原张姓正堂悬挂有金华巡按量题匾,2002年春题匾不知去向。张宅前还立有石板一块,上书"来官不接,去官不送。"该村2007年被定为古村落着重保护。

　　嘉庆初年,杨家当家人杨志魁着手经营祠山石灰窑和造纸,因为经营有方而富甲一方。朱家当家人朱兴武酷爱武术,有次见村口有个壮年身负重伤,便将其背回家救治,壮年伤愈后在朱家暂住,他每日清晨鸡鸣习武。朱兴武便拜壮年为师学得一身好武艺。此后,朱兴武教朱家男丁习武,人丁兴旺。张家当家人张兴发祖上都是读书人,崇尚读书,耕读传家,三族人相处得非常融洽。

　　1850年,天下大乱。一日,朱兴武的师傅回到了村里,他暗中告诉朱兴武,自己是捻军首领,现在朝廷腐败,民不聊生,各地英雄纷纷揭竿而起,自己正暗中联络各地英雄,打算起兵反清,

希望朱兴武能积极响应。

朱兴武早就对清廷心生不满，现在师傅找上门来让自己联合抗清，自然一拍即合。师傅走后，朱兴武找到了杨志魁和张兴发，说眼下盗匪众多，为了保村民安全，想在村口修建寨门抵御贼寇。

杨志魁家境丰厚，自然害怕贼人打劫，当即拍板资助朱兴武。不久，村口修起了一座高高的寨门，加上该村地理位置较高，站在寨门可以一览黄湖诸地。外人路过，见此地高高在上，就将寺前村称为高村。

那日，朱兴武正带人在村口巡查，见村口站着个风水先生，嘴里说着"可惜"。朱兴武不解，问原因。那风水先生也不多说，提笔写了几句偈语贴在村口，头也不回就走了。村民一看，那偈语写着"老虎吃羊，猪逃走，獐不发"。

第二年，太平天国进入杭州。朱兴武心里惦念的是师傅的捻军。太平天国当时被称为"长毛"，民间传闻是吃人的，朱兴武自然不允许长毛来村里吃人，派了几个男丁当兵抵御天国部队。洪秀全部进入杭州后，对进行过抵抗的人员进行清剿。朱兴武得知消息后，连夜出逃。

天国官兵到高村清剿朱家落空，见边上的杨家富得流油，便将杨家洗劫一空，杨家从此败落。

杨家败落后，将石灰窑和造纸业转让给了张家，可张家是读书人家，不善经营，不久倒闭。应了风水先生的"老虎吃羊'杨'，猪'朱'逃走，獐'张'不发"的话。寨门不久也被拆除，仅剩一些遗址。

仙 水 泉

　　是因为沾有王位山的灵气,还是因为水质清冽、甘甜、醇厚才被称为仙水泉?号称王位山第一泉的"仙水泉"位于宝幢寺后山的来龙岗腰上,如今已被丛生的灌木紧紧地包裹着,成为一个思古情怀的古迹。

　　遥想宝幢寺当年的鼎盛岁月,仙水泉曾是多么的繁忙和辉煌,寺里茶事所需的一切水源均从这里接取,那一杯杯兰花茶,就是在仙水泉的滋润下才散发出高山兰花的清香,多少茶客把她当作神灵来膜拜,认为她有仙人的神奇法力……故有文人墨客在宝幢寺的柱联上写着"臻山川精英秀气所钟,保龙岗嘉兰神灵之洞"之佳句。当年高村"后门山老龙喷水,前门山鳄鱼拜佛"。这块风水宝地,地灵人杰,高村才有那么兴旺,才有张三房的"来官不接,去官不送"的那种风光。

　　仙水泉,地处高山,两旁均为深谷,中为龙岗,岗腰喷水,令人不可思议,只有仙人才有这样的法力。其实,来龙岗的地质属马乌石层结构,一股泉水从马乌石中涌出,泉水来自地下深层,水质清冽、甘甜、恒温,入口醇厚,落肚生津,后味无穷。

　　今天,高村的村民在深秋之季自酿米酒时,还特地多跑好多路,到仙水泉汲取泉水用来酿酒,酿成的米酒特别香醇,特别好喝。

玄 坛 庙

　　玄坛庙位于黄湖镇西老虎山山脚,老虎山形似猛虎,后股翘起,前身低伏,头向东北向前伸望,好不威武。这里至今还流传着"赵玄坛出家"的故事。

　　相传,很早以前,黄湖镇有一名专管征粮税赋的官,名叫赵玄坛。他为人凶暴,对交不起粮税的人,不是屡遭鞭打就是拘禁。

　　有一天,赵玄坛外出征税,迷途山林,夜幕降临,他万分焦急,登高察看,突然看见远处山边有一灯光,他急忙走近一看,有草屋三间,他敲门求宿。开门见古稀夫妇在门内热情相请,夫妇当即以粗粮野菜殷勤相待。饭后夫妇请他安寝于偏屋,三更时分,赵玄坛在睡梦中,隐隐约约地听见似母亲叮嘱儿女们说:"我明天将被主人待客杀掉,今后不能照顾你们了,你们要相互帮助,学会自我保护啊!"言毕,大家痛哭不绝。早晨赵玄坛起床一看,床头边有一竹笼关着一群小鸡和一只母鸡,他甚感惊奇。白天夫妇要杀鸡待客,赵玄坛马上阻止,说自己不吃荤腥,夫妇无奈,就在竹园里挖了两支又肥又大的竹笋,烹调待客。吃饭前,母鸡飞上桌面,将一桌菜全打翻在地,主人十分生气。赵玄坛提议到竹园里去看看,两人来到挖笋的地方,翻开泥土,只见泥土粘着许多白色唾液,还有鲜血。原来老夫在挖笋时,将两条毒蛇掘死(杀)在笋坑下,这两支竹笋原来是这两条毒蛇的唾液呵成的,如不是母鸡相救,大家生命休矣!

谢别两老,赵玄坛在回家的路上心潮起伏,两老仁慈善良,宽厚热情的面容,时时萦绕在他的脑海里。再想到:连畜生也有爱子之心,知恩必报之举,何况人乎,对比自己平时为人凶暴,甚感愧疚。从此,他洗心革面,扶弱济贫,众善奉行。但毕竟世俗浅薄,赋役繁重,民不聊生,以他个人的德行无回天之术,他看破红尘,到高山名寺出家修行。唯一信念是"出家修行,得成正果,再度济世"。

三年后的一天,住持命他下山采办油、盐、酱、醋等物。他抄近路,走山径小道,翻山越岭,途经老虎山。来到半山腰,突然跳出一只大黑虎,张牙舞爪欲吞食他。他不慌不忙地跪在地上求告道:"今日我赵玄坛下山采办,寺中百余名众僧等用,求你黑虎大哥放我下山吧!办完事后,我定来给你吃吧!"黑虎听后,点点虎头走了。

他办完事,向住持交差后心想:"生死命注定,况且出家人不打诳语。既在黑虎前许下愿,就该说到做到。"于是,他就来到黑虎面前,弯着身双手合十,十分诚恳地说:"阿弥陀佛!黑虎大哥!我来了,你想吃就吃吧!"说罢,闭着双眼,让黑虎随意吞食。黑虎转身将虎尾轻轻一卷,卷住他的腰,驮上虎背,腾空而起,直奔天宫,得成正果。

从此,赵玄坛骑着黑虎,经常出现在人间,普度众生;人们就称其为"伏虎菩萨——赵玄坛"。

有一年,老虎山山上来了一只猛虎,白天经常下山来拖走羊

和牛崽；有时，还大摇大摆地来到上街头，在街道上行走，吓得街道两侧居民户户关门，村民大白天单个儿不敢上山干活。于是，大家一起商量决定：请伏虎菩萨来驱虎，就在老虎经常出没的山口下，造一座庙，庙前再建一座环拱桥，桥似弓，庙似箭，弓箭射虎。庙和桥建好后，山上的老虎就再也没有下山来过，说是被"伏虎菩萨——赵玄坛"镇住了。

人们为了纪念他，就在庙里塑起金身，称"伏虎菩萨"，庙名谓"玄坛庙"。20世纪90年代，玄坛庙扩建，改名兴国禅寺。

龙堂山的传说

　　横湖镇东面叫洞山头的地方有座高山叫"龙堂山"(也有的叫西山)。从东坞村隔田观望,山确像一条龙,龙尾在里三村,龙头在洞山头。龙头上生有龙角石,悬崖直立,形象逼真。

　　相传,在开天辟地时有条活龙降世,漫游名山大川,游到黄回山,黄回山的地藏王菩萨正敲着木鱼,一门心思在念经"修炼"。老龙问地藏王:"这里去向何地?"地藏王只当不听见,没去理睬他。老龙一而再,再而三地问,问得地藏王菩萨火冒三丈,随手举起木鱼想敲老龙:"你这孽畜,你在扰乱我修炼……"木鱼刚敲下,老龙头一偏,就地一滚,怒气上心,腾空而起,向地藏王连连喷水,想把地藏王淹死,地藏王抡起神腿一脚踢,踢掉了黄回山前面的一座小山,黄回山上面的水倾注而泻,里三村一带便成了汪洋一片。这座小山随龙而起,老龙游到洞山头被一只穿山甲挡住了去路。穿山甲抬头一看,老龙企图带走黄回山,就问老龙讨要这座山的代价。老龙问穿山甲要多少? 用钢秤秤还是用戬子戬①。穿山甲一时没考虑好,心想:你老龙带走一座山就要少穿一座山,我穿山甲是靠穿山过日子的。金、银有什么用? 老

---

　　① 戬子:药店秤中药的小秤,以分、钱、两为单位。

龙一连等了三天三夜,问了三天三夜,"还是要金?还是要银?用钢秤秤?还是用戥子戥?"穿山甲迟迟不肯答应。到第四天夜里,老龙继续问,问到五更天,正巧被洞山头脚"西山庵"里的老和尚听见。老和尚刚醒,懵里懵懂听见有人问:"要金?还是要银?用钢秤秤还是用戥子戥?"老和尚便不加思索地随口而出:"金子、银子总用钢秤称好呗!"话音刚落,便再听不到回应了。老和尚推开门,只见屋后多了一座山,也就是今天的"龙堂山"。如果老和尚只说用戥子戥,此地便会成了一块金银宝地。老龙误以为一恨之下便撒掉了这座山,顾自云游而去。

老龙撒下这座山正合穿山甲的心意,穿山甲可以在山底下自由自在地穿山,扒出来的泥土久而久之便成了洞山头的一畈田。洞山头的田,以前传说是种不好庄稼的,看看黑呦呦像是穿山甲的粪,太阳一晒结成硬块便成了穿山甲的鳞片。当地流传着一首民谣:"洞山头,铁山畈,秧一箩,谷一担。"洞山头田畈的泥,晒燥后像铁一样硬,下雨后像糨糊一样黏,泥巴粘在身上像漆一样牢,如果泥块粘在锄头上背着行走,走一百里路也不会掉。这都怪"西山庵"的和尚讲得不好,用钢秤称不完的铁色土,用水洗不净的鱼腥泥。

御史营造小宫殿

　　相传，距今四百多年前，明仁宗时期，横湖东面相距一里多路的洞口，出过一位天官，与洞口相距半里路处的大塘潭又出过一位御史。天官与御史又是外甥与娘舅关系。外甥是天官，娘舅是御史。按官职娘舅还是大，论辈分当然娘舅是长辈，但做了皇帝身边的大官，不是按辈而是按职论处。娘舅是御史，每次上朝奏供，要路过天官外甥的家门口，坐轿要下轿，坐马必下马。这是礼仪相待，也是对皇规律法的遵循。

　　传说，大塘潭的御史大人为了满足其老母欲观皇宫之意，便备银两，按照皇宫的基本图样，在家土之上营造小宫殿一所。有庭馆台榭，花草果木，宫殿房屋用围抱石柱，雕龙画凤，俱绘以金碧杂色，造有"德寿宫"供其母奉香祭祖，还造有养身宫，朱碧炫目，供其母享受荣华富贵。宫殿内因凿潭注水，单凿水井有十八眼（现还保留一眼，墙基、地形迹象尤现，有一定的考古价值）。

白塔村传说

隋朝时候,黄湖地界有一个湖塘,这塘水颜色发黄,和别处的湖水大不相同,所以就被称呼为黄湖。有位得道高人路过此地,说这湖里藏有妖精,水才变黄的,日子久了,妖精还可能出来伤人。如果在湖边一东一西修筑两座塔,镇住湖妖,那么湖水会变清,人畜也就无害了。

湖边居民听了,就按高人指点的方位修了两座塔。首先是在湖东的山上建了一座塔:这山后来就被叫作东塔山,又在湖西的元宝山上建了座白塔,这山被叫作白塔山。你还别说,这个办法真灵,黄湖慢慢澄清了,于是人们又把这个湖叫作白塔湖。

以后,白塔下面人烟渐密,成为村落,就是白塔村。可是到了大明朝,出了一件蹊跷事。这一天,有几位商人从黄湖镇前往双溪,因为时间紧,就走了夜路。看看来到白塔山下,往上一望,寻找原先走熟了的那条山路,不想根本没找到,只看到黑乎乎的一片大石头,根本无路可走。这时,一位商人惊恐地叫起来:"你们快看,怎么变成两座塔了?"

大家借着月光,往山上一看,只见白塔和东山塔就像两根擎天柱,跑到一处了,单塔变成了双塔。老天爷啊,这帮人被吓得

慌忙往回跑,住到店里还是不停地喘气。第二天天亮了,他们又往白塔山走来,想看个究竟。咦?白塔还在那里立着,东山塔也回到了东塔山,和原先一样。山上的山路也出现了,这些人心里直嘀咕,难道昨晚看错了?他们上了山路去了双溪做生意。

不料想:这事儿以后经常发生,每到晚上,白塔和东山塔就凑到一块了,路也没了,谁想过山,就得绕道走,白天就恢复原状,和原先一样。过了大半年,当地人也熟悉这种情况了,慢慢形成了规矩,虽然半夜要绕道,很不方便,可也没办法。

在白塔山下,有一座古老的寺院,叫近山寺。这一天,有位和尚前来投宿,方丈见此人面貌不俗,连忙殷勤接待。吃过斋饭,和尚要连夜过山,方丈就说:"大和尚,你要么绕道,要么天亮再走,我这里有件蹊跷事。"然后,他就讲了晚上双塔相会的事。和尚一听来了兴趣,连声说:"那我不走了,看个稀奇再说。"

和尚晚间来到白塔山下,看完了双塔相会,白天又再次上山,仔细一观察,不由大惊失色!他发现,白塔山像一条大鲤鱼,白塔就立在鲤鱼额头,东塔山像一条小鲤鱼,这是母子鲤鱼精啊。其实隋朝时候黄湖的水变黄,也是两条鲤鱼精作祟,后来被两座塔镇压,才把身躯隐藏在两座山里,如今吸取日精月华,两条鲤鱼精慢慢恢复了活动能力,晚上又出来,带着头顶的塔也相会了。

和尚向方丈表明身份:他是大明朝国师,名叫道衍,是奉皇命来余杭兴修水利的。道衍俗家名叫姚广孝,曾经辅佐燕王朱棣夺取天下,据说,此人神通广大,精通风水之术。

道衍立刻召集人工,说要镇压鲤鱼精。他这镇压的方法也怪:首先,他让人抬了一块大石头放在东山堰坝下,说这是在小

鲤鱼的下颌钉上一枚钉子,不让小鲤鱼到处活动;然后,再从黄湖到近山寺的水道上修了座小桥,桥上建亭子,这是截断了大鲤鱼相会小鲤鱼的通路;最后,他又在白塔山下挖了条排水沟。

这方法还真灵,到了晚上,两座塔再也到不了一块了,山路也重新出现了,大家过山也不用绕道了。可是,从此每天晚上,人们就听到东塔山隐隐有哭声,这声音直哭了三年,然后就发现,白塔山下的排水沟流的是血水,再过了不久,东山塔就倒塌了,白塔的顶子也掉了下来。

这时候,有位游方道人来到白塔村,看完两座山连声说可惜。近山寺的方丈就问,可惜什么? 道人说:"东山塔下小鲤鱼再过六十年,就能化成龙,如果托生人世间,就是真命天子,这个地方就要享福了。道衍镇压鱼精是假,保大明江山是真,放大石头也好,建亭子也好,只是限制鲤鱼精活动。可是,挖了那条排水沟,就是挖断了龙脉,两条鲤鱼就都活不了了。如今鲤鱼精已死,两座塔也失了灵气来源,自然就倒塌了,可惜啊。"

方丈听了十分后悔,后悔自己一时嘴快,把事情告诉了道衍。后来,方丈把这事情告诉了寺里和尚,和尚们又传给了村民。有一年,道衍和尚再度来到白塔村,想看看被自己镇压的两条鲤鱼精如何了,结果被愤怒的村民们一路追打。道衍只好抱头鼠窜,朝南边跑去,眼看被追上,他就把手里的木鱼往后一抛,这木鱼顿时变成了一座山丘,挡住了村民。这座山丘,也就是现在的木鱼岭。

观 皇 岭

　　黄湖镇沈家门原先有一道山岭,当地人称为"观皇岭",也有人称"观霞岭"。一个地方怎么会有两个名字呢? 这还要从康王逃难说起。

　　话说康王赵构南逃时到了黄湖境内,不小心被蛇咬了口,幸亏当地一对老夫妻相救才化险为夷。因为金兵的追杀,康王在伤没痊愈的情况下忍痛拄着木棍往西南方向逃命,康王也不敢走大路,沿着河边小道绕开集镇,加上有伤,行动有些缓慢。到沈家门时,天色已晚,加上天黑,行动又不太方便,康王一脚踏空,咕噜噜滚进了一条深沟里,不省人事了。

　　康王醒来时已经是半夜了,身上除疼痛外,还奇痒无比,用手一摸,竟然都是小包,不少还渗出了血点。原来,深沟里蚊子特别多,康王滚下去后,遭到了蚊子的疯狂叮咬,可怜康王的身上和脸上被叮咬得没了一块好肉。他奄奄一息地叹了声:蚊子呀! 如果我大宋江山还能恢复,你就别咬我,我保你不用吃血就比其他蚊子壮十倍。康王想了想不对,赶紧补了句,你们叮竹子吧! 这样也不会被人打死。说也奇怪,康王的话音刚落,那些蚊子呼啦一下都飞到边上去叮咬竹子林。也就是从那天起,浙北

山区多了一种比普通蚊子大十倍的蚊子,它们不叮咬人,平时都叮竹上,当地百姓叫这蚊子为"大水蚊子"。

没了蚊子的侵扰,康王美美地睡了一觉,醒来时天已拂晓,一老伯背着锄头来深沟里放田水,见康王遍体鳞伤躺在沟边,起了恻隐之心,将他背到了家里养伤。老农姓沈,家在岭上的小山坳里,不仔细观察还真找不到这个地方。

沈老伯有个女儿叫玉霞,她见康王虽衣衫褴褛,但言谈举止之间透露着英武之气,顿生爱慕之心,精心照料康王。

当天夜里,一队金兵从岭下寻来,火把将半条岭映得通红,沈老伯一家自然也知道金兵在搜寻躺在自己家里的年轻人,可这年轻人连下床的力气都没有,更别说逃跑了,康王知道自己这次是在劫难逃了,长叹了一声:"唉,看来,天要亡我大宋呀!"

这话一出,奇怪的事情发生了,通往沈老伯家的那条小路两边的竹子"呼啦"一下全都向路中倾斜,一下子将这条小路遮挡得严严实实。金兵在岭上搜了一阵,见没路了,只好悻悻地走了。这批竹子,后人称为"保皇竹"。

金兵一走,那些竹子又"呼啦"一下直了,那条路又露了出来。沈老伯知道自己碰到了大富大贵之人,连竹子都通了灵,自己就算冒着生命危险,也要帮这年轻人摆脱金兵的追杀。

追杀康王的金兵首领叫扎尔布侬,他知道康王跑不远,就躲在附近,可一时又找不到,干脆在岭下安营扎寨,封锁各个路口,对来往行人进行盘查,同时派出人马挨家搜查。

风声越来越紧,康王知道自己藏不了多久,决定冒险去独松关招揽各地关隘的守军抵抗金兵。可是,自己人生地不熟,出去肯定死路一条,怎么办呢?

正在他愁眉莫展时,玉霞姑娘出了个主意,让康王和自己扮成探亲的夫妻,由沈老伯赶牛车,车上准备了一坛好酒和煮熟的老母鸡。到关卡时碰到了金兵盘查,因为康王口音不同,沈老伯忙解释说:自己女婿是外地人,口音自然不同。说着拿出准备好的酒和老母鸡孝敬金兵。那些金兵因为长年征战,嘴巴馋得紧,喝着酒咬着鸡,将仔细盘查康王的事抛在了脑后。沈老伯趁这机会赶着牛车顺利地出了关卡。

康王到了独松关后,召集了临近的各路守军进行了反攻,因为要打仗,沈老伯和玉霞跟着不方便,康王就让他们先回老家,待天下太平,就来迎娶玉霞。沈老伯和玉霞想想也对,辞别康王回了家。

不久,康王在杭州称帝。沈老伯和玉霞天天盼着康王能来接他们,可始终没有等到。有人劝玉霞找户人家嫁了吧!玉霞不愿意,说天下刚定,是皇上太忙了,等他空下来,肯定会来接自己的。她不管刮风下雨天天在岭上等皇上来接她,终于有一天,有人发现她倒在岭上死了。

人们感叹玉霞的痴情,就将这岭叫"观皇岭"。当然,也有人骂皇上没良心,说这条岭应该叫"观霞岭"。直到现在,这条岭还有这两个叫法。

杀猪岩顶

　　王位山有个地方叫杀猪岩顶,这个奇怪的地名,据说和唐末的起义军首领黄巢有关。

　　唐朝末年,天下大乱,黄湖这里也受到了不小的冲击,听说黄巢要带兵杀过来,有钱人家纷纷逃避,这叫"躲黄巢"。有一家屠户姓王,平时没少受地主老财压迫,家里过得不太好,经常是赊人家的猪来杀,卖完肉后还猪账,剩下的散碎零钱养活一家老小。别人躲黄巢,他不躲,一是想着自己反正没什么家业,不用躲,再是老婆孩子一大堆,躲起来没饭吃,为此他还是照常杀猪卖肉。

　　这一天,王屠户赶着一头大肉猪,吆喝着走上山,打算翻过山以后屠宰,这样比挑着猪上山省力。没想到刚到半山腰,就被一伙人拦住了。这些人个个顶盔贯甲,抢刀使枪,不打他不骂他,就是要抢他的猪,说是要充军使用。王屠户这才抬头往山顶上看,只见一面大旗在风中猎猎作响,上书一个大字"齐"!

　　"齐"就是黄巢的国号啊,这是遇上黄巢的兵了,王屠户被吓得不轻,他没少听人传言,说黄巢的兵杀人不眨眼,可是,想想自己这口猪如果被抢,拿什么还人家养猪户啊?自己一家老小也

得喝西北风,于是,他大着胆子求情,可别人根本不理他。

这时候,从山洞里出来个大高个,一脸虬髯,穿着黄衣服,不怒自威。王屠户估计,这肯定是个当官的,急忙上前说好话,告诉实情自己一家老小就靠杀猪为生,就连这口猪也是赊来的。

大高个上下打量了一下王屠户,见他一脸油脂麻花,衣服又破烂不堪,知道说的是真话,就动了恻隐之心,吩咐道:"你们把猪赶过来,我看看。"

当下有两个兵,把猪赶到跟前。大高个力气真大,伸左手攥住猪蹄一抬,就起来了,右手一晃,说:"这猪怎么有五个脚趾啊? 这,难道是传说中的五趾猪?"

民间有传言,说猪只有四趾,人才有五指,长五趾的猪,是冤死鬼投胎,万万不可以杀了吃肉,谁吃冤死鬼就缠上谁。大家一听,纷纷看向猪蹄,只见大高个攥住的那个猪蹄,沾满了泥浆,细数泥浆裹住的脚趾,确实是五个。

王屠户暗暗心惊,自己宰了半辈子猪,五个脚趾的猪还是头一次见,难道这猪真是冤死鬼投胎? 就在这时,大高个说了:"既然是冤死鬼投胎,你就把猪赶下山去吧。记住一定要放生,不然对你不利。"

那些兵一听,就放开了大肉猪,让王屠户赶下了山。这猪上山时腿脚利索,下山却一瘸一拐的,等到了山脚村子里,王屠户仔细察看猪的那只蹄子,这时泥浆已干透脱落,他就看出了其中的秘密。这猪蹄哪是五趾啊,是一枚马掌钉插在了脚趾间,由于涂了泥浆,才看上去有点像脚趾。

既然不是五趾猪,王屠户就放放心心地杀猪卖了肉。后来跟人说起这件事,别人一听他那个描述——大高个,虬髯胡子,穿黄衣,就惊叫起来:"这就是黄巢啊,他是故意放了你的猪的!"

其实还真是这么个事儿。黄巢率领的是农民起义军,看见王屠户一副穷苦样儿,就不想杀他的猪了。可是,军队的军粮有些不足,士兵们都靠摘野果挖野菜充饥,这头猪就这么放跑,大伙儿嘴上不说,心里也有意见啊。思来想去,黄巢就想了这么个法子,把猪还给了王屠户。

还说黄巢,在山上休整了两天,起兵杀奔临安城。临安城里的唐军拼命抵抗,两军僵持了好几个月。后来,大量唐军援兵赶来,黄巢腹背受敌吃了败仗,只好退兵。这一退,再次退到了遇见王屠户的那座山上,打算休整一下再走。

黄巢两次都到这座山上修整是有原因的。这里不但地势险峻,易守难攻,而且山上出产的竹笋、果蔬都很多,这对已经断了军粮的黄巢兵丁来说是最重要的。

黄巢带着残兵败将来到山上,刚刚走到山腰,就闻到一股扑鼻的肉香,再往前走,只见空地上支着几口大锅,锅里煮的猪肉正腾腾冒着热气。旁边有一块大石头,上面血迹斑斑,放着杀猪剩下的猪头、猪蹄、下水等东西。锅前,站着王屠户和五六个壮年汉子。

王屠户见了黄巢他们,就迎上来说:"以前很多人谣传,说你们杀人如麻,还抢东西,可我亲眼所见,你们只杀坏人,抢的也是官僚和地主老财,我们老百姓的日子越过越苦,不就是被官僚和地主老财害的吗?我找了几家养猪户,大家一商量,杀了猪劳军来了!"

黄巢这个高兴,真是雪中送炭啊。他握了握王屠户的手,然后让手下饱餐一顿。王屠户后来没走,也参加了黄巢的军队。

可惜的是,不久,黄巢在这座山上被唐军围住了,连续一个多月无法突围。黄巢为了不连累属下兄弟,自杀身亡,化龙飞去。王屠户不甘被唐军抓捕,也跳崖身亡了。他杀猪劳军的地方,后来就被称为杀猪岩顶。因为黄巢建立过齐国,老百姓称他为齐王,故此这山后来就被叫作王位山。

雷劈天打石

过去虎山村有这么一户人家,老两口年纪很大了才膝下有一子,名叫王越,真是捧在手里怕飞了,含在嘴里怕化了,溺爱非常。等王越长大,给他娶了媳妇,老爹就过世了,剩下寡母和王越夫妻一起生活。

王越媳妇倒是很贤惠,唯独王越从小娇生惯养,养成骄横跋扈的性格,还喜欢赌钱,没几年就把家底输了大半。媳妇好心劝他,被他一阵暴打,老母亲去劝,也被一顿痛骂,婆媳俩只得忍气吞声,听之任之。

这天,王越从外面赌钱回来,由于喝了酒,走路也摇摇晃晃的,一不留神就栽进小河里。他还不会游泳,伸着手喊救命。老母一看,急忙跳进河里救儿子,不料想河边长着大树,树杈戳进她眼睛里,立刻就看不见了。即使这样,老太太也伸手摸儿子,最后忍着疼将他救了上来。

等老太太上岸,眼睛受了伤又进了水,就保不住了。从此,她就变得双目失明,看不见东西了。按说,老母亲这么豁出命救王越,这小子理应知恩图报,他反倒嫌弃老太太干不了活,整日里恶言恶语。老太太只好低头不说话,媳妇也不敢劝。

过了几天，王越又外出赌钱，媳妇种地，老太太一个人守在家里摸索着纳鞋底，忽听门外有人呼叫："哪位行行好，施舍跛子一个馒头，我已经三天没吃饭了。"原来是个要饭的，还是个跛子，老太太心中不忍，就拿出儿媳留给自己的中饭，两个馒头中的一个，摸索着来到院门外，递了过去。

跛子见给馒头的老太太双目失明，不由连声感谢："您这样子还肯施舍我，真是大善人啊。"说完，他就要接馒头，不料被一个人抢走了，嘴里骂道："我家本来就没什么余粮了，还敢施舍叫花子，真是吃里爬外！"

来人正是刚刚回家的王越。跛子见状，掉头就走，喃喃说着："好人有好报，恶人有恶报！"王越听了大怒，又要追打跛子，刚好媳妇从地里回来了，才劝住了他。

这件事让王越十分愤怒，他觉得老娘不但浪费粮食，还要给别人，是老糊涂了，就假意对媳妇说，"你有些日子没回娘家了，回去住半个月吧。"等媳妇走了，他拿出一个馒头给老娘，说："这是你明天的干粮，我明天外出访友，晚上回来。"

其实，王越拿着刚赢来的钱去杭城胡吃海花了，打算半个月后再回来。这家伙心狠啊，知道家里没余粮，老太太一个馒头过半个月，眼瞎又不方便乞讨，还不饿死？到时候自己回来收尸就行！

再说老太太，第二天吃完馒头，没见儿子回来，她也就明白了，这是成心饿死自己啊。想想以前对儿子的百般溺爱，才造成这种后果，不由老泪纵横。忽然，她听到耳边有人说："老太太，你是好人，饿不死的。睁开眼，看看我是谁？"

眼瞎的人怎么能睁开眼呢？可老太太偏偏睁开了，还看见

眼前站着个挂铁拐、身背葫芦的中年大汉。老太太惊喜地叫起来，这个人和年画上的铁拐李一模一样啊。她知道这是遇到神仙了，慌忙下拜，铁拐李扶住了她，说："你恨你儿子吗？老天爷会惩罚他。"

老太太咬着牙说："我就不该生这孽子，老天收了最好。"

铁拐李说："半个月后的午时，老天会降下神雷打这个不孝子，除非他躲到老虎山顶的大石头后面，不然一定会被雷劈死的。"然后又从葫芦里倒了粒仙丹给老太太吃，"吃了这仙丹，你半个月都不会饿了，到时候你儿媳也该回来了。"说完，铁拐李就消失不见了。

半个月后，王越和媳妇先后回到家，发现母亲不但没饿死，眼睛也好了，还变得神采奕奕，忙问是怎么回事。老太太就说了遇到神仙的事，不过她可不忍心儿子真被雷劈了，就说："你今天中午一定要到老虎山顶的大石头后面躲避啊，不然会被雷劈的。"王越哪里肯信，还骂老娘胡说八道。

可是，到了中午，天上就堆起了厚重的乌云，却不下雨，一个怪雷接一个怪雷炸响，就像响在耳朵边。王越这才害怕起来，嘀咕着，难道老天真的要雷劈我？他越想越心慌，急忙朝老虎山顶的大石头跑去。老太太和媳妇都放心不下，也跟着跑上了老虎山。

王越刚躲到大石头后面，铁拐李就忽然出现了。他叹息一声说："我就料到，你娘一定舍不得你被劈，一定会让你来这里躲藏，天下所有母亲都是一样的啊。不过，天雷岂是小小石头能挡住的？那只是我的一个考验。"

话刚说完，一个炸雷打下来，正好打在石头上，顿时石屑纷

飞，电光乱射。王越都被吓傻了，这时老太太忽然冲上来，用身体遮住了儿子，大声说："李神仙啊，要劈就先劈我吧，我是他娘，我要用我的命换他的命。"

铁拐李又是一声长叹，挥挥手，一道天雷打下，没击中这对母子，只是把王越震昏了。

等王越醒来，乌云、雷电、铁拐李都不见了，旁边是哭泣的老娘和媳妇。经此一震，王越竟幡然醒悟，体会到母亲对自己的爱，从此浪子回头，孝敬起母亲来。老太太吃过仙丹，身体一直很好，直到九十岁才无疾而终。

而在老虎山顶，被雷劈过的石头至今仍在。老人们看到石头时，总是喜欢讲讲这段故事，教育后人，要讲孝道。

王位山与龙爪石

在黄湖镇高村自然村通往王位山的古道上，有一块凸出的巨岩，这块巨岩上有两处深深的抓痕，非人力而为，行人到此都会在石边歇息，他们将这块巨岩称为"龙爪石"。据说，这和黄巢兵败有关。

据传，黄巢出生时被一只老鹰叼到鸟巢内，被路过的黄姓之人所救，被收养后跟了养父的姓，因为是鸟巢里救的，故起名黄巢。

黄巢从小除跟养父习武外，还跟一姓杨的先生习文，文韬武略，远近闻名。那一年，黄巢见天下民不聊生，就打算起兵拯救天下百姓，他四处联络义士，得到了广泛的响应。那日，黄巢见时机成熟，和军师从安吉联络回来准备明天起兵，路过宝幢寺，见天色已晚，就在宝幢寺借宿。

半夜时，黄巢和军师听到一大一小两位菩萨对话，大菩萨说："黄巢起兵，他师傅寿命到头了。"小菩萨问为什么？大菩萨说："黄巢要想夺得天下，出兵需要用姓杨的人祭旗，不然不会成功。"小菩萨听后说："就算用姓杨的人祭旗，他想成功也千难万难，除非他不打天不打地不错杀半个好人。"

黄巢听后明白了,这是菩萨在指点他呢!第二天起兵时他发誓,一不打天,二不打地,三不错杀半个好人。刚发完誓,军师告诉他要用一个姓杨的人祭旗才可以出兵。黄巢边上就他师傅姓杨,他无论如何都下不了手,犹豫了半晌,他拔出宝剑砍向边上的一枝大杨树,没想到啊的一声,杨先生的人头从杨树上滚了出来。原来,杨先生听说要用姓杨的人祭旗,便偷偷躲进了杨树的枯洞里,阴差阳错被黄巢砍了脑袋。

黄巢出兵后,所向披靡,打到天台时,吃了败仗,他犯了不打天的誓言。没办法,他带着部队返回休整后,又去攻打递铺(安吉)又吃了败仗,这次是犯了不打地的誓言。无奈,只好再次返回休整。

两次失利后,黄巢仅剩两万人马,他卧薪尝胆,打算东山再起,没想到,朝廷派一个身怀六甲的女将前来攻打,黄巢反击时杀了女将,那女将因为肚里有个孩子,黄巢犯了不错杀半个好人的誓言,从此一蹶不振,屡战屡败,最后败回到了山上。黄巢出兵称王,败回山后,山民依然称他为王,这座山也就叫王位山了。

朝廷可没放过黄巢,派兵将王位山团团包围,并放出话,只要黄巢人头,绝不为难百姓。

眼见山民都快饿死了,黄巢牙齿一咬,拔出佩剑插入山冈,然后跳下了悬崖……

黄巢原是真龙转世,他跳下去的时候,化作了一条巨龙腾空而起,绕着山顶飞了圈后,落在了一块巨岩上,回头看了看这曾经养育过他的土地,然后一声悲鸣,腾空朝东而去。他停留过的巨岩留下了两个深深的龙爪印,老百姓也就将这块石头叫"龙爪石"了。

乌鸡眼顶

　　王位山有个叫乌鸡眼顶的地方。这地名是怎么来的呢？据说和黄巢有关。

　　听老一辈人讲,黄巢出生后被一只大鸟叼到巢里,被姓黄的和尚所救,故取名黄巢。他从小跟着和尚学文习武,颇得黄和尚的喜爱。

　　黄和尚其实也不是当地人,前些年他云游到了这里,在破庙借宿,半夜时被一阵冷风吹醒,朦胧中,他看到一条金光闪闪的蛇在菩萨莲座下生了个黑黢黢的蛋,然后慢悠悠地游走了。黄和尚正想起身去看个明白,一只小野鸡崽"咯咯"叫着走了进来,它看到黑黢黢的蛇蛋后,也许是饿急眼了,竟将那蛋啄破后吃了下去。怪了!那野鸡吃完蛋后竟然变得黑漆漆了,两只眼睛还闪着金光,它扑棱着翅膀跑到后山不见了。

　　黄和尚看呆了,他知道定有造化,当即决定留在这庙里不走了。此后,每天吃了晚饭时,他都会剩些饭粒,拿到后山"咯咯咯"地招呼乌鸡。收养黄巢后,这个习惯也一直没有改变。

　　小黄巢不懂事,问:"师傅,你每天化缘那么辛苦,自己都吃不饱,还将饭倒到后山,这不是浪费吗?"黄和尚笑嘻嘻地回答说:"阿弥陀佛,凡事都有因果,你长大后会明白的。"似懂非懂的黄巢点了点头,也学着师傅的样子,每天吃饭时剩一些,撒在后山上。

转眼开春了,因为年前粮食欠收,村民家少有余粮,又要播种,日子都过得紧巴巴的。为了维持生计,黄巢每天跟阿二阿三两个小伙伴上山"拗"笋,那日刚到半山腰,就听见"咯咯咯"的鸡叫声,仔细一看,一只黑得发亮的鸡正在慢悠悠地觅食,两只眼睛还闪着金光。黄巢一看到乌鸡的眼睛,就想:这眼睛真亮呀!我的眼睛要能这样闪金光多好!边上的阿二和他想法不一样,他开心地说:"这些天大家都吃不饱肚子,如果能抓到这只乌鸡,用箬叶包了,放到火上烤熟,倒能美美地吃一顿。"黄巢劝大家说:"我们是来拗笋的,别到时乌鸡没抓到,反而误了拗笋,到时你们回家就没法交代了。"阿三咽了下口水插嘴说:"黄巢,你平时鬼点子多,想个办法抓乌鸡,怎么样?"

黄巢见他俩一副馋相,说:"办法倒是有,不知道你们舍不舍得?"

"舍得,舍得。"阿二和阿三几乎同时回答。

"那我们先说好,我要乌鸡眼睛,肉归你们,怎么样?"

"行!"

"那你们先将衣服脱下来。"

阿二阿三也不知道黄巢要衣服干啥?但知道他肯定有用处,也就没有多问,脱了给他。黄巢自己的衣服也脱了,将衣服绑在竹片上,翻过一看,竟成了一个衣服绑起来的布篓子。他找了根棍子,用一根细藤绑在棍子上,然后撑起布篓子。干完这一切,黄巢拍了拍手说:"好了,把你们带的中饭拿出来。"

“你要中饭干啥？”

“撒地上。”

啥？将中饭撒地上？阿二阿三不干了：“粮食撒了，我们吃什么？”

这下黄巢不干了：“你们自己说的，什么都舍得，现在活都干了，怎么又不肯了呢？算了，反正我也不想逮那只乌鸡。”

一听乌鸡，阿二阿三眼珠子放光了，他俩牙齿一咬，拿出中饭交给了黄巢。

黄巢让他俩到灌木丛中躲起来，自己嘴里“咯咯咯”地边招呼边将中饭一粒粒引到布篓子下，这才顺着细藤躲到了灌木丛里。

说也奇怪，那乌鸡听到“咯咯咯”的招呼声，就真的朝布篓子方向来了，它边觅食边警惕地朝四周张望，见没什么危险信号，才放心大胆地啄起了地上的粮食。

近了，更近了，黄巢他们屏住呼吸，眼见乌鸡到了布篓子下，黄巢猛地一拉手中的细藤，啪的一声，布篓子倒了下来，将乌鸡罩了个严严实实。

抓到了乌鸡，褪了毛和内脏后用箬叶包了，生了堆火开始烤，不一会儿便香气四溢了。很快，鸡烤好了，扒出鸡，阿二先将鸡的两个眼珠抠了出来，按先前说的给了黄巢，然后打算分肉。黄巢拿起这两个眼珠，仔细地看着，虽然烤熟了，但依然闪闪发光……

就在这时，一条黑黢黢的大蛇闻到了香味，飞快地游来，扑向了三人……

阿二阿三大惊失色，连鸡也不要了，抱头鼠窜狼狈逃命。黄

巢也吓了一大跳,手中的眼珠"噗"掉了一颗,也来不及捡,将剩下的那颗塞进了嘴里,"咕噜"咽了下去,然后也起身跟着阿二阿三逃命。

黄巢回到家,黄和尚得知此事后,连连摇头叹息,说这才是因果报应,鸡吃了蛇的蛋,黄巢喂了鸡,结果鸡被蛇吃了,黄巢吃了鸡的一只眼……

再说黄巢吃了一只鸡眼后,过目不忘,成年后进京考中文武状元,因为相貌丑陋,皇帝抹了他的文状元,他一气之下云游四海,广招天下豪杰,起兵造反。后来用人不慎,兵败。有人说"黄巢造反,缺一只眼",这也许也是黄和尚所说的因果报应。黄巢掉了一只乌鸡眼的地方,也被人称作"乌鸡眼顶"了。

灰窑山遗址

　　灰窑山遗址，位于黄湖镇北，王位山脚下，高村东南。灰窑山，古名祠山，后因烧石灰而得名。相传，当年南宋高宗君臣为避金兵追捕，走西北道，翻箬岭，过银岭沿山至高村，见宝幢寺向佛祖膜拜求助。说来也怪，高宗这一拜，且惊动了土地神灵护驾。是日，金兵紧追其后，至黄湖上街观霞岭时，只见黑雾漫天，隐隐约约见到前有庞大的"祠山"挡住去路，无法进兵，金兵就向京杭大道退兵而去。高宗闻报，感恩神灵护驾有功，就御封"祠山"为"祠山大帝"。从此祠山神名远扬，宝幢寺佛祖更加灵验。

　　至明初全国兴修水利，高村的祠山四周都是黄土，唯祠山是黑土灰石山，质地特好，官府就定此开置石灰窑，官窑监史就设在高村。烧好的生石灰，由旱路至瓶窑码头下船转运到大江南北。从此，祠山又称灰窑山，其名一直沿用至今。

　　灰窑山呈东北、西南走向，占地两百余亩。从现状勘察分析，在灰窑山脚的西面、北侧曾设石灰窑百十座，其山西北两侧到处都是采石场，早期为露天矿，从山顶往下层层开采，中期为长"井"型开采，后期为现代常用的石炮场，采用爆破开采，场址都在半山腰。

古灰窑大小不一,早期灰窑比较小,几乎被农家平毁种竹。现留有两口古窑,在祠山的西北角,窑洞呈腰鼓形,上部进石口与底部略小,中部稍大,可容纳石灰石十余方。窑的四壁都用溪坑石砌成,大小基本一致,表面光洁,呈棕红色,至今还没有风化,其中一口古窑保存完好,略加整修还可以用,另一口古窑的火门方已倒塌,余部保留较好。

灰窑山古窑和采石场遗址,至少有百余亩的山地,先期从山顶开采层层下挖,至少搬走近半座山,西面从高村的田边距采石场遗址近百米的山坡上,古窑遗迹如地堡似的层层修建,想当年,其规模之庞大,场面多么壮观啊。

像这样的古窑群遗址在杭州地区实属罕见。

半山木屋遗址

　　半山木屋,又名半山仙居,后称半山驿站,位于洗马坑尽头。西房坞下端,地处半山故名。这里三面环山,正面峡深千米,形似长颈瓶,欲达其间,须先沿着长长的山涧旁的小径行约500米,跨过狮龙口,顺涧走百余步,就见到半山木屋遗址。

　　木屋遗址,现四周还保留着高1.5米的石墙,石墙几经风吹雨打,墙面呈暗红色。老人讲这么高的石墙是防高山野兽的侵袭而筑的。屋前有石砌平台,皆方石铺面,石面光洁,色如棕红,记载着悠久的岁月,令游客思绪万千,浮想联翩。

　　木屋遗址的东首为龙岗,西面是狮子山,狮龙守门,宽十余米,可谓一夫当关,万夫莫开。当年南宋高宗皇帝被金兵逼近西房坞时,就在此木屋里过夜而闻名于世。相传,木屋建于唐乾符五年8月,黄巢引兵进王位山,设哨所于此,故有那么高的石墙和石垒平台。

　　站在平台上,山风习习,清凉无比,两侧青山高岗绝壁,洗马坑尽收眼底。东北方白龙瀑布,水声隆隆,西北面狮子天风,高耸入云,左下方是涧瀑连绵,著名的"三犸争锋"奇观近在咫尺,好一处高山流水,千米深涧,令人流连忘返。

黄巢帅营遗址

据《余杭县志》载,唐乾符五年八月,黄巢引兵至余杭,进杭州,攻浙东,途经黄湖受阻,黄巢退守王位山,与钱镠曾在王位山迂回交战。黄巢的帅营设在王位天风的西山高岗中,地名东房坞,后民间称尼姑庵。

东房坞地处高山,海拔650米,地势平坦,占地六百余亩,与对面的狮子峰连成高山平原;西南岗高谷深,山坡陡峭,正北山冈平坦,岗下悬崖峭壁,易守难攻;东面是王位山主峰(海拔725.5米)俯瞰着东南群山、黄湖河谷平原,只有一条山道直达王位山自然村。东房坞居高临下,进可攻,退可守,是一处利于屯兵、用武之地。

当年黄巢的兵马就安营在王位山主峰西岗一带,营寨长如龙形,帅营居中,名为"哑铃阵",进退自如。站在王位山主峰上向西眺望,山冈蜿蜒、平缓起伏,状如苍龙,虬伏欲飞。游人至此赞不绝口,黄巢真不愧为一代豪杰,善于利用地理优势,布起强阵,打败钱镠占领杭州,为王位山谱写一曲辉煌的历史战歌。

走进东房坞,来到帅营遗址,只能在林中看到一排排、一块块平整的山地,还有两块旗杆石;旗杆石的右前方还堆着一堆堆

坟墓,山呑中部是一片庵堂遗址。相传,黄巢引兵,攻占杭州时,其部下将领的家属都留在王位山,至黄巢兵败,将领阵亡,将领们的妻子皆在东房坞出家,削发为尼,自建庵堂、草屋,开垦山地,栽种茶园,自种杂粮度日,从不下山。听说黄巢母亲就隐居在东坞村后山上,其山称为王母山。

现在山上的树林里还生长着野山茶近百亩,梯形山地灌木林百余亩,石臼一只。据说,清朝中叶,天降大雪,庵堂、草屋皆倒塌,尼姑皆被压死或冻死或饿死,以后再无人上山,便废为荒山,成为野猪生息繁衍之地。其间有"野猪挠痒松"。野猪皆在树身上摩擦止痒,树身只剩下半株,勉强活着,显得格外荒凉。因此,人们就称此处为尼姑庵。

黄湖街上馄饨店

早些年,黄湖镇老街有十几家小吃店,有煮面卖水饺的,有卖包子、馒头的,有卖烧饼的……这些小吃好吃不贵,深受老百姓欢迎。

可要说起最美味的小吃,当地人都会不约而同地说:程家馄饨最好吃!

程家馄饨味道出奇的好,多少年来,有人去偷师,有人去学艺,可做出来的馄饨就是没他们店里的好吃。

这年阳春三月,程家馄饨店来了一主二仆三位客人,操着一口京腔,进店落座之后,就叫了三碗馄饨。

跑堂伙计端上来后,三位客人就迫不及待吃了起来,那主子一边吃还一边说:"果然名不虚传,吃了几十年的云吞,还没吃过这么美味的。"说着向左手边微胖的中年男人道:"和二,你让他们再上一碗。"

一主二仆一人吃了两大碗,那主子才让名叫和二的仆人结了账,走出店门还抹着嘴巴意犹未尽道:"明天中午还来这里吃。"

第二天中午,这一主二仆果然又来了。跑堂的伙计刚向煮

馄饨的师傅喊了声:"贵客三位,下三碗馄饨。"

身材微胖的仆人和二就站起来皮笑肉不笑地说:"且慢,今天我们这三碗馄饨要求有点特别,得现场和面擀皮、现场剁肉包馅,然后下锅煮……你小子别瞪我,我们家大爷有的是银子,只要这馄饨好吃够味,一定重重有赏!"

大家都知道,这和面擀皮、剁馅包馅,就算几个人配合,也得一两刻钟,这来店里吃馄饨的顾客络绎不绝,人家哪有这闲工夫侍候。

店伙果断回绝:"不行,这肉馅可以现剁,但我们店里包馄饨的面皮都是天亮之前擀好的,就算你们出再多的银子,我们老板也不会答应你们。"

和二冷笑一声,道:"敢问你们老板是谁? 在不在店里? 我就不信他不为金钱所动。"

店小二没好气道:"你爱信不信,我们老板远在天边,近在眼前,那位给顾客煮馄饨的厨师便是。"

和二没想到生意如此兴隆的馄饨店老板竟然站在锅灶前,亲自给顾客煮馄饨,于是便赔笑着走过去道:"请问老板尊姓大名?"

馄饨店老板一边用铁勺划拉着在沸水中上下翻腾的馄饨,一边回答:"我叫程玉昆,是这家小店的主人,你刚才提的要求,我肯定做不到。"

和二皱起眉头道:"你别对我说,你不能为了我们三位怠慢了其他顾客。这样好了,从现在开始,一个时辰内进店吃馄饨的顾客,我一人发一两银子让他们去别处吃。相信你在一个时辰内,定能把三碗馄饨现做出来。"

在场的顾客当中，也有想偷师学艺的，便帮腔道："程老板，这位贵客如此诚心诚意，您就露一手给大伙瞧瞧吧！"

没想到程玉昆摇摇头道："不是我有意推托，就算你们给我两个时辰，我现在也擀不出自己满意的馄饨皮来。"

和二生气道："你这还不叫有意推托，擀几张馄饨皮竟然两个时辰还不够，谁信呢？"

程玉昆一本正经道："我说的都是实话，信不信由你。"说完又顾自把煮熟的馄饨勺入碗里。

和二恼羞成怒道："我看你是故弄玄虚，害怕别人学了你的手艺。这样好了，我给你一千两银子，你现在就把馄饨给我做出来。"

程玉昆白了他一眼道："你给一万两银子，我现在也不会给你做。"

双方较起了劲，眼看就要闹僵，一直坐在餐桌旁没开口的主子终于发话了："和二，你不要咄咄逼人嘛，有话好好说。"

另一个驼背仆人也附和道："就是嘛，人家程老板说现在做了不了，又没说待会儿做不了，你让他定个时间嘛，我们耐心等待便是。"

他们这样一说，程玉昆立即脸色一缓道："还是你们两位明事理。看在你们通情达理的份上，今晚三更后你们来小店看我和面擀皮吧！"

和二嘟哝道："半夜和面擀皮，真会故弄玄虚。"

程玉昆懒得搭理他。那主子斜乜和二一眼："我说和二，你要担心半夜三更起不了床，那你就不来好了。老纪，我们走！"说完，站起来带着驼背男人大步走出了程家馄饨店。

那和二急忙追上去，满脸赔笑道："我起得了床，就算一夜不睡，我也要陪老爷来瞧瞧，这姓程的是不是在忽悠咱们……"

　　夜半时分，一仆二主三人如约而至，还有几个一直想拜师学艺的小伙子。程家云吞店内早亮着灯火，老板程玉昆把大家请到后厨，然后让店伙打来井水，开始和面。

　　程玉昆一边和面一边向大家解释，这三更时分的井水最清洁，用来和面最好不过了。和了半个时辰，才把两大块面团和成，分别放进两只特制的矮缸里，然后挥起拳头一上一下打起了面团，打完这团再打另外一团。如此反复四五次，不知不觉就已经过了一个多时辰。

　　有个一心想偷师学艺的小伙子不解地问："程大师，您这又不是做油条，为什么要反复击打面团白费力？"

　　程玉昆斜他一眼，道："这就是我们程家馄饨皮能擀成薄如白纸、耐煮不烂的窍门，而且还可以用火点燃。"

　　众人点头称赞，和二听了却说："馄饨皮也是面皮，还从来没听说面皮能点着的，真是牛皮吹上天了。"

　　程玉昆微微一笑，说："那你等会儿睁大眼睛看清楚好了。"说完又开始擀面皮，擀完一大张切成小片后，让和二拿一张凑蜡烛火焰上点，果然就像点燃白纸一样点着了。在场的人忍不住鼓起掌来，只有和二一脸尴尬，不知说什么好。

　　把馄饨皮做完，然后开始剁馅，只见两把菜刀在程玉昆手中上下翻飞，不到两刻钟，二十来斤上好的精猪肉就变成了一团肉泥。接下来便是包馅做汤，天快亮时，十几碗现做的馄饨终于出锅，热气腾腾地摆在众人面前。

　　大家争先恐后地品尝起来，一个个吃完后都叫着再来一

碗。京城来的主子还让和二拜程玉昆为师，白天在店中打杂，夜半三更学习和面打面，直到学会为止。

几天后，这主子带着另外一个仆人老纪又来程家馄饨店吃了碗馄饨，带走了学艺未成的和二，回京城去了。

就在他们离开黄湖的第二天，杭州知府亲自给程玉昆送来了一块牌匾，上面龙飞凤舞地写着六个大字："天下第一馄饨。"落款竟是弘历，也就是当今皇上乾隆爷。不用说，那两个仆人便是和珅和纪晓岚了。

有了乾隆亲题的牌匾，程家馄饨店更加大名远扬。无论是达官贵人，还是贩夫走卒，到了黄湖镇，都要吃上一碗程家馄饨，否则便白来一回。不过，后来程家出了败子，将馄饨店转让了，再后来，"天下第一馄饨"的牌匾也不见了。

黄湖老街丝绸店

清末,黄湖镇老街上有两家规模较大的丝绸店。坐南朝北的一家叫赵记绸庄,主要经营苏州丝绸;坐北朝南的叫宋记丝绸店,一向经营杭州本地丝绸。两家店铺门对着门,招徕顾客做生意。

有道是同行必斗,何况他们两家都是百年老店,积怨更深,已经从暗斗走到明争。几乎天天都上演着争抢顾客的好戏,给黄湖镇的百姓添加饭后谈资。

这年阳春三月,两家丝绸店为拿下黄湖首富林有道女儿出嫁的绸缎大单,干脆当街摆擂,比试谁家绸缎质量更好。

苏州丝绸因历来是朝廷贡品,加上历朝历代织造府都设在苏州,名气大得无可争议。但杭州丝绸一向质量上乘,物超所值,在杭州占有地利、人和,销量从来不输苏州绸缎。所以要说哪种丝绸质量更好,还真是无法定论。

经过商会议定,两家店铺各选一截红色丝绸、一截黑色丝绸。红丝绸制成红旗竖在店门口,任凭风吹、日晒雨淋,黑丝绸泡在水缸中,看谁家的容易掉色。

这场比试耗时半个月,结果赵记绸庄的苏州红丝绸被风刮

出了一丝裂纹,宋记丝绸店的黑丝绸缸里的清水颜色微变。评判结果是双方各胜一局,半斤八两打成平手。

可是两家丝绸店都不服,一个说自己店门正对风口,一个说一定有人往他水缸中投了黑色颜料。双方各执一词,谁也不服谁,要求再比试一场。

为了立竿见影,他们提出比试刺绣技艺,双方各派一名刺绣师,当着大伙的面绣出一幅图案,再请名家评出优劣。

三天后一个风和日丽的上午,在黄湖岸边的一处花园里,两家丝绸店派出的刺绣师摆好了刺绣架子,开始刺绣。

赵记绸庄的刺绣师是从苏州高薪聘请的刘阿妹,刺绣技艺非常高超,绣出的各种花草栩栩如生,几可以假乱真;宋记丝绸店派出的刺绣师却是宋老板的掌上明珠宋绮云,长得闭月羞花不说,她还在上届杭州刺绣大赛中夺魁,最擅长绣牡丹花。

艺高胆大的刘阿妹为了让宋绮云输得心服口服,主动提出两人各在三尺绸缎上绣上五朵牡丹花,看谁绣得又快又好。

围观的人都竖起大拇指,夸赞刘阿妹不以大欺小,品德高尚。刺绣比赛在一片赞叹声中开始了,只见一个徐娘半老、一个青春靓丽的大美人穿针引线,在已经定位好的两块宝蓝色丝绸上绣上了枝叶,绣出了姹紫嫣红的花朵。

两位美女的动作都很优雅,她们聚精会神地绣着牡丹花和枝叶,不知不觉太阳就升到了半空。刘阿妹擦了擦额头的汗水,宋绮云的鼻翼也沁出汗珠。

眼看刘阿妹就要绣好第五朵牡丹花,宋绮云却只绣了四朵半。比速度这宋绮云已经输了,急得她父亲宋大成直跺脚,恨不得上前帮女儿一把。

可就在这时,有个胖女人惊叫道:"蜜蜂,蜜蜂飞来了!"

众人顺着她手指的方向望去,只见十几只小蜜蜂嗡嗡飞来,绕了几圈最后一一落在了刘阿妹绣出的牡丹花上。

围观的人纷纷竖起大拇指赞道:姜还是老的辣,这刘阿妹绣的牡丹花都把蜜蜂给引来了,还比什么比呀!

这当口,宋绮云也收起丝线,绣好了最后一朵牡丹花。几位德高望重的评委还是认真鉴赏了两位美女绣出的牡丹图,说刘阿妹的鲜艳夺目,宋绮云的清秀脱俗。但刘阿妹的牡丹花引来了蜜蜂,明显技高一筹,所以……

正当他们要判定刘阿妹胜出时,有几只蜜蜂却飞到了宋绮云绣的牡丹花上,宋老板宋大成两边数了一数,说:"我女儿这边有八只小蜜蜂,比刘阿妹多一只。哈哈,还是我女儿技高一筹吧!"

围观的人两边数了数,还真是刘阿妹的牡丹花停了七只小蜜蜂,宋绮云那边真有八只小蜜蜂。这一下,几个充当评委的老头子为难了,一时不知判定谁胜谁负合适。

赵记绸庄的赵老板赵四富站出来大声道:"刚才大家都瞧见了,这些蜜蜂是我们绸庄的刘阿妹师傅绣的牡丹花引来的,虽然现在飞了几只去宋丫头那边,但说到底还是沾了我们的光。"

宋大成反驳道:"那是领头蜜蜂判断失误,先停在刘阿妹绣的牡丹花上,很快不是有八只飞到我女儿绣的牡丹花上了吗?快看,又有两只飞过来了……"

围观的人啧啧称奇,都说两位美女的刺绣技艺出神入化,应该并列第一。评委们听了之后,脑瓜总算开了窍,当场宣布:刘阿妹和宋绮云刺绣技艺同样高超,并列第一!

没想到话音刚落,宋绮云就站起身道:"几位前辈,小女子反对你们的评判结果。"

宋大成也连声道:"就是、就是,明明是我女儿胜出,你们为何偏心眼,非让她与刘阿妹并列第一? 真是岂有此理!"

宋绮云却打断道:"父亲大人,是女儿技逊一筹,输给刘姐姐了。您也知道,女儿一出汗就招蜜蜂,所以刚才的蜜蜂是刘姐姐绣的牡丹花引来的。"

有几个好事的女人走到宋绮云身边,用鼻子嗅了嗅,说:好香的汗,这不跟传说中的香妃一样吗?

大伙这才恍然大悟,原来那几只蜜蜂都是被宋绮云的香汗吸引过去的。

宋大成瞪了女儿一眼,气得说不出话来。赵四富得意扬扬道:"既然宋家千金自己认输,我们丝绸庄就当仁不让了。"

话音刚落,一直没开口说话的刘阿妹站起来大声道:"今天这场比赛,赢的人应该是宋家妹子,因为我作弊了,我听从赵老板吩咐,把丝线用蜂蜜水浸泡过。能把蜜蜂引来,一点也不稀奇!"

原来是这样呀! 围观的人都向赵四富投去了鄙夷的目光。宋大成理直气壮道:"我赢了,赵四富,你就乖乖把林家的大单子让给我吧!"

赵四富恬不知耻道:"你赢个屁,你女儿刚才不是承认了,她的汗水会招引蜜蜂。"

宋绮云走到他们中间,叹了口气道:"赵伯伯、父亲,你们斗了大半辈子,也该歇歇了,现在洋人的布匹已占领各大商号,你们再窝里斗,这苏绸、杭丝都得玩完。"

　　刘阿妹也走上前道:"老板,对不起了,如果你再跟宋老板斗下去,我也要辞职回苏州老家了。"

　　几位评委趁机劝说道:两位大老板,难道你们还没两个女人有见识吗?赶紧握手言和吧!

　　宋大成率先表态,说林家的单子他愿让出一半,赵四富也不好意思道:"那就这么定了。"

　　刘阿妹与宋绮云双手相握,开心道:"但愿从此以后,苏绸杭丝是一家,一起挫败洋布。"

　　从这以后,赵记绸庄也开始销售杭州丝绸,宋家丝绸店也卖起了苏州绸缎,不再明争暗斗,成了最友好的兄弟店铺。

健 脚 笋

　　黄湖镇盛产毛竹、淡竹、早竹、白壳哺鸡竹和杂竹等，一年四季都有新鲜笋上市。以笋当菜，百吃不厌。做法多种多样，千百年来逐渐形成几十道农家"笋菜"，如"佛手笋、脆皮笋、八宝笋、健脚笋、虎皮笋、春笋步鱼、笋菇石鸡、情人饼、毛衣烧肉、烂腌菜乌毛头、咸肉黄苏头"等，其中，尤以"健脚笋"最著名。

　　健脚笋，原名"全脚笋"（方言"健""全"谐音）。这道黄湖民间传统菜相传已有一千二百余年历史。传说黄巢兵败，他带领一批弟兄回到王位山（原名"黄回山"，后为避官府剿伐，改名王位山，又把黄姓改作王，随后又把王姓分为王、汪两姓；故现今山顶人家只有王、汪两姓）定居。山上地少，就以竹笋为当家菜，同时黄巢还教会了弟兄们做"全脚笋"吃，"全脚笋"鲜美可口，百吃不厌，他说听他师父讲，常吃"全脚笋"爬山越岭脚骨健（故名健脚笋）。于是每当山上杂笋盛产之季，弟兄们都做"健脚笋"吃。随着山上生活水平的改善，山上王、汪两姓人家为了纪念黄巢恩赐，就在每年立夏之日吃"健脚笋"。

久而久之，山上人家立夏吃"健脚笋"的习俗传到黄湖乡间。立夏吃"健脚笋"的习俗，就一直流传至今。"健脚笋"便成为黄湖节日的传统名菜。这道菜讲究用料之"鲜"，选用现挖活笋做原料，笋"首选白壳哺鸡笋，早笋次之，三是淡竹笋和杂笋"。

竹米与石板鱼

今天,黄湖一带的溪流、山涧、小沟里的石板鱼特别多。石板鱼嘴尖背阔,鱼身呈锥形,条纹鲜明而斑斓,一年四季成群结队游弋在溪流浅滩、小沟湍流中。肉嫩细腻味鲜美,尤以红烧或清蒸最佳,是黄湖著名的一道美味佳肴。箬竹,竹子的一种,叶大而宽,可编竹笠,又可用来裹粽子。这石板鱼和箬竹米是怎么来的?这里还有一个有趣的传说。

据说,唐乾符五年八月,黄巢引兵二十余万至余杭,进杭州,攻浙东,途经黄湖,被钱(镠)王围困在王位山一带,长达半月之久。

当时,山上只有一个小小的高山村落和一座梅林寺。这二十多万大军,一下子被围困在高山上,吃饭便成了黄巢的一个难题,钱王想把黄巢大军饿死在山上。好在高山上水源充足,野兽众多,野果、野菜随处可见,黄巢下令围猎、挖野菜、采野果充饥,一时还能维持生机。时间一长,野味全吃光了,只有吃草根、啃树皮了,怎么办?黄巢一急,头发都白了一半。

这一天,黄巢备了香烛走进梅林寺拜佛求助。黄巢来到大殿上,恭恭敬敬地跪在观音菩萨座前,连磕了三个响头,说道:"大慈大悲的观音菩萨,我起兵,誓救穷苦百姓于水火之中,如天地不容,我愿以一死而救众生,求菩萨救救我部下这二十多万将士吧!"

说来也巧,神仙张果老驾着祥云,正从梅林寺上空经过,他耳中突然听到这奇特的求告之声,不由屈指一算说:"木莲有难,吾当救之。"他降下云头,化作一个山里老翁模样,来到黄巢面前说:"将军你愁眉苦脸,有什么心事能告诉我吗?"

黄巢看看是一位老翁,无奈地苦笑一声,就将求告一事,一五一十地告诉老翁。

张果老听后,哈哈大笑道:"这有何难,走! 我给你指条生路,再略施小技,包你这二十万大军能饱餐一顿,再打败钱军如何?"

黄巢见这位老翁须发皆白,清秀高雅,就恭恭敬敬地向他施礼请教,并请他到军中来。张果老来到山坳里,站在石板桥上,指着箬竹说,这是箬竹,能生箬竹米,可以吃,说着张果老口吹仙气,那满山箬竹果真长满了箬竹米,张果老又随手在石板桥上捋起一把小石片子,撒向山涧、小沟,说也奇怪,那小石片子变成了一条条、长长的带着条纹的山鱼,随着涧流,欢蹦乱跳,满涧都是,黄巢和部下一个个高兴得嘴都合不拢,全愣在那里。张果老一跺脚说:"你还愣着干什么,还不快点叫将士们去采箬竹米、沟里捕鱼,吃饱了,就带领大军从东南方下山,打败钱军。"说完,张果老哈哈大笑,就地化作一条龙腾空而去。

黄巢这才知道遇到神仙了,急忙率领部下将士磕头谢张果老相救之恩,同时下令部下分工,采箬竹米、山沟里捕鱼,升火煮饭,搭薪烤鱼,让全军饱餐一顿,于天黑前,集中兵力,从东南方杀下山去。

钱王轻敌,认为黄巢的兵马已经饿了七八天了,已无多大抵抗力了,再过几天,这二十多万大军不是饿死,也得饿得半死,活捉黄巢就在眼前。因此,钱王与手下聚集在一起喝酒,预祝大功告成。这时黄巢趁天黑之前,兵分五路杀下山来,打败了钱王,还占领了杭州。

　　事后,黄巢为了纪念张果老的救命之恩,在山下村落广张布告,告诉百姓,箬竹米可以吃,那身带条纹、长长如锥形的从没见过的鱼叫"石板鱼",很好吃。那座山冈叫仙人岗,那山坳叫作飞龙坞。

　　从此,这石板鱼,就在黄湖一带的溪流、山涧、小沟(坑)里扎下根。那箬竹更是蹊跷,每遇荒年,箬竹就生箬竹米,供百姓采摘充饥。

天龙茶的来历

　　王位山天龙茶产于海拔725.5米的王位山上。山上,山清水秀,云雾缭绕,土质有机含量丰富,肥力充沛,无污染。天龙茶清明前后采摘,春夏秋三季均有茶叶出品。手工制作,冲泡后形似兰花,色泽翠绿,汤色清澈,幽香持久,滋味鲜爽,叶底明亮。先后荣获"中茶杯"二等奖、第三届国际名茶金奖、《中日新闻》奖,2002年荣获浙江省茶圣节一等奖。

　　黄湖有两座山:一座叫王位山,另一座天龙山,当初计划在这两座山上开发径山系列名茶,在申办注册商标时,取名王位天龙茶。

　　据王位山村六组汪林祥(生于1926年)老人讲:"他曾祖父说王位山茶叶种植始自唐朝,主要是用于做药。"他讲这期间还有这样一个传说。原山顶有个叫黄巢的人,武艺高强,讲义气,爱打抱不平。在他18岁那年,官府腐败,地痞恶棍横行,财主强霸一方,官税重重,百姓衣不遮体,无粮充饥。有一天,一个小孩饿极了,偷剥了财主一枚生玉米,正想生啃时,被财主家丁看见,家丁狗仗人势,举棍猛打,小孩当场活活被打死。黄巢见此情,怒火中烧,走上前去,一拳打向家丁,没想到这个家丁不经打就一命呜呼了。财主报官前来捉拿黄巢，黄巢在众乡亲的帮助下逃往他乡。

　　几年后，黄巢在青田起义，带领义军打出了半壁江山，成为一名有声望的农民领袖。由于种种原因，黄巢兵败，他带领一批弟兄回到王位山（故名"黄回山"）。回山不久，由于战事劳累，人多粮少营养不良，大批人员得了红眼病，郎中急召众人四处采药。采药时郎中在山上（现在叫甘露顶，在王位山主峰的东南坡）发现有几棵野生茶树，药书中记载茶叶清凉明眼，是当时治疗红眼病最好药材之一，所以郎中叫人把几棵野生茶叶统统采摘回来，谁知采回的青叶一经摊放后散发出阵阵清香，香气如兰，吸入肺腑无比舒畅，煮汤一洗，疗效极佳。郎中告诉黄巢，多派几个人上山采摘。以后，黄巢为备后用，又令人采挖野生茶树苗，人工栽培便在现王位山顶西南坡的东房坞和甘露顶的南山坡开垦种植。西房坞原有一垄垄野生茶园达二十余亩（2006年在开发王位山天龙茶园时被毁，今还留有一二亩）。

　　黄巢为了众弟兄们能在山上长久安居，把"黄"姓改为三画"王"姓，把"黄回山"（现德清县地名志里还是保留着"黄回山"）改为"王位山"，后来还不放心，担心子孙后代遭官府剿伐，把部分"王"姓弟兄改为"汪"姓，故现今山顶人家只有姓王或姓汪两姓。

　　从那以后，王位山百姓每年到谷雨时节，采摘青叶。手工炒制成品的茶叶以黄（巢）姓命名为"大黄茶""小黄茶"和"黄尖"三个品种，销往杭嘉湖平原，部分产品家中存放，用来招待贵客。

　　到了宋朝，茶园中建有尼姑庵，俗名"静休庵"，为避嫌（男人炒制青茶），以自产红茶为主。据传，济公妻子寻夫来此，在此出

家修成正果。清朝中叶，天降十八场大雪，庵堂、草屋皆倒塌，尼姑们皆被压死或冻死或饿死，以后再也无人上山出家，茶园由王位山上汪家接管。

1937年冬，绍兴有个叫施义林的人，带着全家逃难到王位山上搭棚居住，在甘露顶南坡，开垦荒山种粮时，发现这片野茶园，他管理了三亩多地。由于茶叶质量好，香味异常，他每年把春茶挑到瓶窑，下太湖，销往上海、杭州，深受客户青睐，且价格高于其他地区的同类茶叶。当时杭嘉湖客商称杭州以北茶叶为"大北露""小北露"，百丈九东山茶叶为"大北露"，王位山茶叶为"小北露"。从此以后的几十年里，有许多外地客商特地上山挨家挨户几斤几两地收购王位山茶。

1978年，原里三村组织专业队在王位山甘露顶南坡原茶园的周边开垦种了八十余亩茶园，几十年里以炒青为主，制作出"杭炒青"茶叶，质量香味特佳，当时被余杭县农业局指定为"高山云雾"茶。

据《余杭县旧县志》载："产茶之地有径山、四壁（赐璧）坞及里山坞（现里三村甘露顶）出者多佳，至凌霄峰尤不可多得。大约出自径山、四壁坞者，色淡而味长，出自里山坞者，色青而味薄；此又南北乡出之分也。"

2000年，黄湖镇政府为加快黄湖镇农业产业结构调整步伐，发展都市型效益农业，实现农业增效，农民增收，率先实现农村农业现代化目标，开发"王位山优质名茶"拉开序幕。2001年度，王位山名优茶——王位天龙茶荣获国际中茶杯二等奖，国际金奖、日本新闻奖、一年三奖，并申办了名茶商标——王位天龙茶。同年，镇政府根据区委〔2001〕1号和区政府余政发〔2001〕30

号文件精神,无公害的王位山甘露顶(海拔580米的高山上)建设黄湖"径山茶系列"王位山名茶园区1200亩。2002年1月,区政府认定为径山茶叶系列主产园区。

2002年8月动工实施,种植名茶600亩,种植防风林200亩、生态林400亩,建设厂房1000平方米、辅助用房900平方米,机械设备全套配齐,年生产量200担,2005年名茶出产,2006年春茶产值40余万元,同时开发新茶园2700亩,其中白茶基地500亩。更令人惊喜的是王位山天龙茶园无虫害,一年四季不需除虫,浙江林学院的专家认为山上有一植物是茶叶虫类的克星。

2013年春,王位山茶叶园区有限公司生产的"径顶红"径山红茶在2013"浙茶杯"红茶评比中又荣获金奖,并一举填补了余杭区无优质品牌红茶的空缺。

王位天龙茶,驻留山水,清香悠远。再过五年,王位天龙茶园将以"高山平原""绿色巨龙"盘卧在王位山山顶上,四周布满灌木林,山花点缀,格外明媚。那时,手持形似兰花的名茶,边览王位天风景,边品名茶。当年宝幢寺的柱联上写着"臻山川精英秀气所钟,保龙岗嘉兰神灵之洞"。这句对联中的"嘉兰"就点明了古称"兰花茶",今称"王位天龙茶",是洞天仙府之贡品,人间沁肺清腑之佳茗!

山茶姑娘和天龙山

清波村西面以前有一片很大的茶园,这茶园都归村里的地主王老财所有。王老财自己不经营茶园,他全都租了出去,每年每亩收一百五十斤茶叶当租金,剩下的归茶农租户所有。

山茶姑娘就是靠租王老财的茶园生活。她每年勤勤恳恳地采茶,也只能混个温饱。这一年,老天爷不作美,降下了病虫害,茶园大量减产。可是,王老财却不愿意减租金,他瞅着山茶姑娘的美丽面容说:"如果交不上租子也不要紧,只要你做我的小老婆就行。以后,咱们就是一家人了。"

山茶姑娘呸了他一口,说:"你休想,租金我们会交上的!"然后,她和父亲老母又辛勤地采起茶来。可是,很多茶叶上都有虫眼,这是不能用的。采来采去,怎么也凑不够。王老财这个得意,去官府告状,说他们欠租不还,把山茶姑娘的父母都抓了起来,又逼着山茶姑娘嫁给他。

山茶姑娘不肯就范,拔腿就逃,这一逃就逃到悬崖边,她宁死也不肯被王老财侮辱,就跳了下去。王老财见出了人命,急忙逃跑了。

山茶姑娘就听耳边呼呼风响,却没掉到地上,而是被一个温

暖的怀抱抱住了。原来是位剑眉星目的公子,公子讲,他本是南海龙宫的太子,来黄湖这里游玩。他问山茶姑娘:"你为何要寻死呢?"

山茶姑娘讲了被王老财所逼的事情,太子也气愤起来,说:"没关系,我帮你!"

山茶姑娘带太子来到茶园,只见太子轻轻一挥手,天上就降下甘霖,茶叶上的虫眼都不见了,发出阵阵清香。山茶姑娘这个高兴,急忙采起茶叶来,太子这时候也爱上了美丽善良的山茶姑娘,也帮她一起采。不多时,就采够了交租的茶叶。当山茶姑娘把茶叶交给王老财时,他都惊呆了,这茶叶不但足斤足两,而且品质十分优良,和以前采的茶叶不可同日而语。

无奈,王老财只好请官府放了山茶姑娘的父母。为了答谢官府的"帮助",他还送了几斤山茶姑娘的茶叶给余杭的县太爷。

山茶姑娘的父母见太子一表人才,又善良可靠,就把女儿嫁给了他。这对夫妻此后就住在清波村,精心照管茶叶。因为品质非常好,不久就声名鹊起,家中也越来越富裕,还买下了茶园自己经营。

这下,王老财嫉妒得眼珠子都红了,在一个冬夜,他偷偷带了家人,在山茶姑娘的茶园里放了把大火,把茶树都烧焦了。祸不单行,王老财曾经送山茶姑娘的茶叶给县太爷,县太爷喝着十分满意,竟然献到了皇宫。皇上一喝也大为吃惊,就让县太爷每年进贡此茶五十斤。

县太爷来到茶园,一看满山焦黑,不由大惊失色,急忙找来山茶姑娘细问。山茶姑娘知道这是王老财干的,就说了经过。县太爷大怒,这茶叶是要用来进贡的,无茶可贡,那是要掉脑袋的呀,于是他就下令把王老财关了起来。随后,他又求山茶姑娘,无论如何要采出以前那种茶来,不然不但他罪责难逃,整个余杭县百姓都要受连累。

山茶姑娘没办法,只好去找太子。太子为难地说:"这里土壤肥沃,茶树优良,再加上我使用仙法用甘霖浇灌,才有这种茶叶。可现在茶树已毁,空有仙法也没用啊。"

县太爷听见了,就跪在地上哀求,说:"你既然懂仙法,就让茶树起死回生吧,下官代表余杭所有父老恳求公子施法。"太子想了想说:"那我回去想想办法。"

太子的办法,就是悄悄返回南海龙宫,偷拿了龙王的玉瓶,瓶里装有仙水,有起死回生之效。然后,他返回清波村,将仙水洒向茶园。这水十分灵验,不多时,就见烧焦的茶树抽枝散叶,又长成绿莹莹的样子。

山茶姑娘大喜过望,急忙采起茶叶来。经过龙宫仙水的滋润,茶叶的品质更了不得了,别说泡茶喝,光闻闻味道,就要飘飘欲仙了。县太爷大喜过望,拿着采摘好的茶叶去京城交差了。

此时,玉瓶中的仙水还有大半,太子拿着要回龙宫偷偷放回去。山茶姑娘舍不得他走,就起身相送,还帮他拿玉瓶。不料刚刚到了村北山上,山茶姑娘不小心摔了一跤,把玉瓶摔碎了,仙水流了出来,变成了一个湖,也就是今天的龙坞湖。

这下坏了,玉瓶本是龙宫宝物,这里一摔碎,南海龙王就知道了。他带着虾兵蟹将前来问罪,太子主动承担责任,说自己偷了玉瓶,又把瓶子给摔碎了。山茶姑娘眼看天空电闪雷鸣,要把太子带走,就主动站出来说:"瓶子是我摔碎的,和我丈夫无关!"

龙王本来就生气儿子留恋凡尘,还和凡女结成婚配,大怒之

下发出一道闪电,把山茶姑娘劈死了。太子一见号啕大哭,告诉龙王,自己要终生陪伴山茶姑娘,誓死不离开这里。龙王见状,只好离开了。

　　太子把山茶姑娘埋在茶园里,自己每天痛哭,慢慢地,就变成了一座龙形大山,人们都叫它天龙山。由于山上茶叶经过仙水灌溉,品质十分优异,就叫天龙茶。这种茶叶清代时在苏浙沪一带就非常出名。

紫藤花与方脯糕

紫藤,藤本落叶植物,花紫色,俗名藤萝。王位山的紫藤随处可见,尤以王位山西面狮子岗上的紫藤林最著,面积达几十亩。

这里的紫藤十分奇特,古藤高大如灌木,藤蔓遮天似树棚。每年春天先开花,后结果,再长叶,花瓣形如调羹,颜色可分为白紫色,淡紫色和紫色,故名紫藤花。藤龄上千年,根部盘虬如龙,形状各异,株株像大盆景,十分珍贵。春天赏花,花瓣可食,味鲜美。夏秋之季,在藤棚下纳凉,可见藤果,像豆荚,向同一个方向悬挂着,一串串,随风摇曳,清香扑鼻。冬天,高山寒冷,高山雪落在藤蔓上,状似蒙古包,一座座,连绵几十亩,在太阳的照耀下格外洁白秀丽,雪水顺着藤条,凝结成一串串、一排排冰钗,微风吹来,发出一阵阵叮当响,音质清脆悦耳,景致壮观迷人,令人流连忘返。

相传南宋末,元军南侵危及宋都临安(今杭州),文天祥二十岁考取进士第一,官至右丞相兼枢密使。德祐元年(1275)闻元兵东下,在赣州组织义军,八月率义军勤王,入卫临安屯兵王位山,北拒独松关,东扼马头关,两关吃紧可驰援,京城危急可包

147

抄。山上驻军吃菜却成了一个难题。当地百姓就在山上采摘紫藤花送到兵营给士兵们吃,一时传开,军中就派火头军在山上到处采摘,收集晒干,以备军需。驻军为答谢百姓们的援助,就用此花做馅儿,包在米粉团内,又用木制印模压成方糕状,蒸熟后馈赠给百姓。

深秋,文天祥来到山上检查防务,临走时,带了一袋方糕回京城,向皇上汇报北关(独松关、马头关)等地的防务情况,同时向皇上献上方糕,以示"放心"之意。当时皇上拿来就吃,"清香甜软,春意融融",甚是好吃,皇上随即讯问此糕何名。文天祥心想,此糕方形柔软就叫"方脯"吧,于是回奏说:"叫方脯糕。"皇上大悦:"文爱卿,今后就叫军中多送点方脯糕给朕,也分一点给众臣们尝尝。"从此,王位山用紫藤花做的"方脯糕",就在京城传开了。

到了20世纪80年代初,杭城还能买到印上各式花纹图案的方脯糕。

白壳哺鸡笋

从前,高村有位姓杨的人家,家主人叫杨四。杨家靠山吃山,在王位山脚的竹林里养了百十只鸡。这样平时卖鸡蛋,过年过节的时候卖鸡,生活也将就过下去了。

竹林里长着很多竹笋,和别的地方的竹笋还不一样,都是白壳的,杨四就采了这些白壳笋,煮熟了去黄湖镇卖。由于肉质鲜嫩,嚼完了嘴里没什么残渣,生意很不错。

却说这一天,杨四采了一天竹笋,晚上放锅里煮熟,他就睡觉了,早晨起来一看,一锅剩半锅了,是被孩子吃了?问了一下孩子们都摇头,再说也吃不了这么多啊;山里有野物?锅是放在院子里的,倒是有可能。无可奈何,杨四只好挑着半锅白壳笋去卖了。

上午把笋卖完,杨四下午又去竹林采了笋,洗净了煮上,等煮好了,由于身体疲累,又早早睡了,可第二天起来一看,锅里的笋又剩半锅了。杨四都要被气死了,他仔细察看痕迹,看到一些很大的脚印,不是人类的,估计个头小不了。

思来想去,杨四笋也不卖了,他去竹林又采了笋,回家先睡觉,睡到傍晚,他才起来煮笋。煮好了,就悄悄躲在房门后面,透

过门缝盯着那口锅。到了半夜,他就看见一个庞然大物爬了过来,伸过嘴吃那锅笋。这时候月光正亮,他看了个明白,是一只有黄牛那么大的乌龟!

杨四都吓傻了,这么大的乌龟别说见,听也没听说啊。王位山又不靠海,这么大的乌龟是哪来的?不过,这乌龟吃完半锅笋就不吃了,掉转头,慢慢上了山。杨四等乌龟走了,才一屁股坐在地上,拍着胸口,喘起了大气。

等天亮了,杨四就想,山上出这么大乌龟,别是妖怪吧,人可斗不过妖怪,得找和尚。他去了庙里找方丈,说明了来意。方丈念了声阿弥陀佛,才说:"这乌龟吃笋吃半锅留半锅,可见本性不恶,不过这么大身躯,又是半夜才来,白天谁也见不到,只怕真是妖怪。"他告诉杨四,当天晚上悄悄跟上大乌龟,看看在哪里落脚,他自有办法对付。

杨四回到家,又采了笋,在锅里煮好,像昨天一样,躲在门后仔细看。到了半夜,那个大乌龟又来了,吃完半锅笋,晃晃悠悠朝山上爬去,杨四在后面悄悄跟着。只见大乌龟晃晃悠悠,一路走一路洒下银线,也不知道是什么,慢慢就上了山顶,对着月亮吞吐白气,这是修炼呢。

杨四看个明白,悄悄转身向山下走,他想向方丈报告。可一不留神,脚下被一块山石一绊,打了个趔趄,发出了响声。这下可坏了,乌龟的眼珠子立刻朝这边瞪过来,看到杨四,放开四只脚就奔过来。别看乌龟身躯庞大,跑起来还真不慢,眼看就要追上杨四了。忽然,不远处的竹林里发出公鸡叫声,这乌龟修炼时间短,顿时不动了。

这时,方丈抱着一只公鸡走了出来。原来自杨四走后,他感

觉乌龟毕竟是妖物,万一要是对付杨四,杨四可就有危险了。他知道公鸡叫意味着天亮,没修炼成气候的妖物最怕太阳出山,也就最怕鸡叫,就把杨四养的公鸡抱了一只过来。想不到来得正好,他见乌龟要赶上杨四了,就一揪公鸡尾巴,公鸡自然就叫了。

方丈喊上杨四,上前看看乌龟到底是何方怪物,这才发现,原来是一块龟形大山石。杨四大怒,就说:"我这就下山请石匠上来,凿他个稀巴烂!"方丈急忙拦住他,说:"你别急,石龟修炼成精不容易,这是王位山灵气所钟,我刚才沿路看了,石龟洒下的银线,是它的龟溺。你知道白壳笋为什么好吃吗?我猜正是因为有龟溺滋养了竹子,才产生了白壳笋。这石龟你不能伤。"

既然是这样,杨四只好跟方丈下山,另想对付石龟的办法。来到杨四家,方丈把怀里抱着的公鸡放了,公鸡一阵猛跑,咕咕叫着奔到屋外的竹林,和里面的百多只鸡汇到一处。看到这里,方丈有办法了。他轻轻笑着说:"杨四啊,我看你不如这样,围着竹林建一个大鸡园子,把鸡散养在里面,到了晚上也不收。你自己家也圈在里面,石龟怕鸡叫,就不敢偷吃你的竹笋了。"

杨四觉得有道理,就大大地围了个养鸡园子,在当中建了竹屋,一家人住了进去。上百只鸡白天围在竹屋四周转悠,到了晚上就卧在屋檐下。你还别说,石龟真不敢来了,只能寻找外面的竹林里的竹笋吃。

就这样,杨四卖的白壳笋越来越多,家中也慢慢富裕起来。为了感谢方丈,有一天他煮了一些白壳笋给方丈送去。方丈笑呵呵地接受了,然后说:"你家的鸡园子,我去看了,大鸡哺小鸡,小鸡敬大鸡,一派祥和啊。你这白壳笋听起来没特色,为了方便你打开销路,就叫白壳哺鸡笋吧。"

从此,王位山的笋就叫这个名了,如今已经成了著名的土特产,其他地方的白壳哺鸡笋,都是从这里传出去的。至于那只大石龟,据说后来修炼成功,脱壳飞升了。不过,那块龟形山石还在,就是如今的乌龟顶。

黄湖十月半庙会的由来

黄湖十月半庙会,非常热闹,源于南宋高宗皇帝在位期间,距今已有八百多年的历史了。

《说岳全传》中《夹江泥马渡康王》一章中说道,北宋朝廷腐败,国力衰弱,被北方金兵攻入三关,九殿下赵构(小康王)被迫入金为人质。一日,有怪鸟发人言,催促赵构逃跑。赵构假意追射怪鸟,趁机逃离金兀术的营帐。金兀术骑火龙驹追赶,射中赵构的坐骑。但又有老汉给赵构送来一匹神马,竟背着赵构渡过长江,成功逃离金兀术的追杀 。后来赵构发现路上一座古庙里的泥马与救自己脱险的神马十分相似,因此认为是土地菩萨显灵。赵构逃到临安后,便册封土地菩萨为梵宫大明王,并下旨全国每个城镇必须建起一座土地庙,塑好土地公公、土地婆婆佛像,以此报恩。

黄湖街道的土地庙(内前方为戏台,后为庙堂,中为可容纳近千人位的广场)造好后,有个山东籍的外科游医郎中名叫宋仁忠的来到黄湖,因街上没有客栈,就住在土地庙的戏台边的看楼下。宋郎中脸上有几颗白麻子,为人和气、忠厚,医术高明,医德高尚。他医治病人无不妙手回春,人人称赞。在诊费上他讲求的是钱不论多少,有钱人就出钱,贫困之人少收钱或不收钱,一时名声传遍方圆百里之外。

他空闲时,经常到庙堂内看一位塑像师傅塑菩萨,日子一久,与塑像师傅相识,十分投缘。有一天,宋郎中闲着又到庙堂内看塑像师傅塑菩萨,塑像师傅笑着问他道:"你有菩萨心肠,与菩萨有缘,要不要给你塑一个与你容貌相似的菩萨?"他以为塑像师傅在跟他开玩笑,就欣然答应了。结果塑像师傅给他塑了一个站在土地菩萨左边、衙役站的中间的佛像,名为麻子菩萨。不到半年,宋郎中与世长辞了。人民群众对他的逝世深表痛惜,后来病人经常到土地庙里求麻子菩萨医病,结果非常灵验。病人病好后,就送了"妙手回春""手到病除""医术精湛"等匾额多达百余块,放在麻子菩萨的座前。从此,麻子菩萨的神名远扬。有的来还愿,就定在宋郎中的诞辰日"农历十月十五"这一天,以宋郎中生前喜欢吃的红烧羊肉、酒、麻饼来供奉他。供奉的人多,供品摆不下,后来大多数群众一起商量决定:就把他每年的诞辰"农历十月十五"这一天定为庙会(简称:十月半庙会),捐资演戏三本(给麻子菩萨看,以作感恩)。久而久之,每年的农历"十月半庙会"便成为习俗。方圆百里之内的善男信女每年到了"农历十月十五"这天,都会自愿参与,远道的提前一两天,近邻的半夜三更赶来。

到清代,黄湖街道的徽商就以十月半庙会为契机,举办了黄湖交流(商品交易)会,引来了四面八方客商、马戏团、杂技团、戏班子;在土地庙演戏三天三夜里,黄湖镇街道乃至周边乡下,家家户户都住满了参加庙会的客人;白天,在黄湖街道上有还愿的、购物的、交易的、看戏的,人山人海,一闹就是一个礼拜,甚至半个月。

1943年土地庙改为镇公所,十月半庙会就此而休会。1996年秋,余杭市宗教局批准,将废除七十余年的土地庙改名为余杭市兴国寺;在玄坛庙旧址上,兴建兴国寺(习惯称兴国禅寺),并继承了土地庙农历十月半庙会的习俗;每年十月半在兴国禅寺举办庙会,演戏三天,方圆百里内的善男信女光临兴国寺,热闹非凡。

横湖"十月半"的传说

十月半,闹盈盈,川流不息到庙庭;

烧酒羊肉白菜饼,麻子菩萨还"念信"。

以前,横湖每年的阴历十月半总要热闹一翻,横湖东南西北的百姓一到这天,云集横湖街头,先到土地庙内点上香烛还了麻子菩萨的念信,以示敬意,然后再搞别的活动。

相传,麻子菩萨是山东人,在世时,是一名能治痈疖疮毒的草头郎中。不知何年何月来到横湖,也不知他真名实姓,他面额油黑,眼睛炯炯有神,生有一脸麻子,身材魁梧,以拔草药治病为生。他在横湖无亲无眷,只得来到土地庙投宿。当时土地庙内有塑匠在塑土地菩萨,他干脆草药也不去采,整天看着塑匠塑菩萨,看着,看着,一连看了好几天,塑匠师傅感到此人奇怪,"我们塑菩萨,你痴痴呆呆看了出神,莫非你也要做菩萨?"塑匠师傅随便问了一声,此人便答:"做菩萨当然好啰! 你们会塑给我塑一个好的。"塑匠师傅当即叫他报出生辰八字,第二天塑匠师傅叫他站着,就按照他的形象,给他塑了一个站着的泥人,写有辰八字的纸条塞进泥人背脊洞眼。过了几天那个草头郎中真的死了,塑像师傅就把这个人的泥像移至土地庙西面的墙角边立放

着。他活着时，横湖四周有不少人请他看过病，价钱又便宜，凡经他看过的病人，十有九好。郎中一时扬名四海，日日不息地有人来找他就医治病。可这位草头郎中一时得病而死，大家都深感可惜。来求医的人听说土地庙内有他的塑像摆着，都往土地庙去看他的塑像，看到后，有的流着眼泪，有的磕头朝拜，夸奖他。久而久之，人们还当作一位活着的草头郎中来求医问药，后来有些懂药的人把这位草头郎中常用的中草药整理出来，刻印在"千金"（方单）上，来求医的人摇着编号的竹筷，对号择"千金"，以"千金"上的药名折去煎服，一般的痈疖、头痛和上热，一吃大部分是能治愈。这样一传十，十传百，都说横湖的麻子菩萨非常灵，人们为了纪念这位草头郎中的生日，每年一到阴历十月半就要来横湖拜拜麻子菩萨，插插香烛，还还念信，说说好话。后来变成了庙会。因麻子菩萨活着时，人们经常看到他在饮食店里喝烧酒吃白切羊肉，以"白菜"饼充饥，所以他死后做了菩萨，人们就依此习惯还他的念信，以示志谢。

那时横湖四周农村医生几乎没有，严重缺医少药，百姓经济又面临严重危机，稍有大病只有死路一条。当时有那么一个草头郎中能治病救人，人们自然十分起敬和信任，传念至今。

神　马

　　王位山有匹"神马"经常出现在龙驹坞一带的山冈上。据说是黄巢的棕骝马。

　　唐乾符年间，黄巢与朱温在余杭县北长乐决战，黄巢寡不敌众，率兵退守宝幢寺，见爱马全身都沾满了血，就把马牵到后山沟溪水里擦洗，沟溪故得名洗马坑，一直沿用至今。

　　第二天上午，黄巢解散兵马，并在后山坳筑一祭马坛，放马归山。从此，黄巢的棕骝马，化作神马，每遇清晨云雾天，在王位山洗马坑、龙驹坞等处经常出现。

　　据吕志财（原高村二组村民）说，20世纪50年代初，他常在王位山主峰南下的龙驹坞东北方红竹湾砍柴，经常听到有一种异常的"呼哧！呼哧"如马一般的呼吸声，还伴随着"叮叮当当"铃的轻摇声。有一天他挑着柴担从红竹湾的小山道上下山时，看到一根很粗的红色藤条在动，当时吕志财甚感十分奇怪，就放下柴担，拿着柴刀向四周瞧瞧，无异常动静，吕志财就坐下来，对着这条红藤，用柴刀轻轻地削了一下，忽见红藤流出鲜红的血来，同时还听到"叮叮当当"的铃响声，吓得吕志财拖起柴担急急忙忙走出红竹湾。

过了几天,吕志财又到红竹湾砍柴,下山时吕志财又被这根红藤绊倒在地,吕志财十分恼怒,拿起柴刀把这根红藤砍断,突然听到像马的嘶叫声,铃声大作,一匹威武高大的枣红马向山上飞奔而去。

　　吕志财心想:"莫不是相传当年黄巢在洗马坑放马归山的神马乎? 原来红藤就是马的缰绳,铃声就是马的佩铃声啊!"

　　到了20世纪50年代末,高村的村民还经常在王位山上看到过这匹千古"神马"的影像。

　　现在的村民们在农闲时常围坐在一起,听老年人讲讲这匹神马的传说。

黄巢的故事

唐代后期已衰落,官僚腐败,山东、河北等地连年干旱受灾,百姓饥饿,唐皇虽数次下诏赈灾,都遭贪官层层剥夺,实到其微。无奈百姓纷纷逃往江南富地占山立寨为盗,近临村庄的摊派索要,远地乡镇的打家劫舍,行人的拦路抢劫,闹得人心惶惶,天下大乱。

有一山大王立寨青田,占领要道,向王家庄及青云寺摊派要粮要钱,否则要遭抢劫。百姓和寺庙都不堪负担,可又无法应对,急得住持团团转。盗寇的行径激怒了黄巢,便说:"师父,不用怕,我来对付他们。"师父向他看了一眼,说:"汝年纪虽轻,英武可嘉,一人如何使得?"

"找几个壮士给我助助威就行了。"黄巢说。

交付期已到,黄巢找了一支碗口大、丈余长的硬树木当道,其后十余名壮士各拿棍棒侍立。许久,见一头目带领二十余个喽啰大踏步向青云寺走来。见黄巢持棍当道,情况有变,便问:"钱粮可有凑齐送来?"黄巢道:"看我模样吧。"头目道:"你要打不成?那好吧!"提刀向他劈来,黄巢提棍一架,那刀向半天飞去,随即横棍一扫,七八个喽啰应声倒地,哎唷连天!还有几个吓呆了,如木鸡一样立着。黄巢笑着说:"你们这点本领想来要钱,快去叫你们大王前来会我。今天我不杀你们,回去告诉你家大王,十天后在王家庄会面吧。"头目狼狈不堪,带着喽啰们一瘸一拐地回山寨禀告,大王大惊!

黄巢回来也不多谈。十日为期,再作应战,庄内壮士各做准备。黄巢依旧在寺内烧火,每日清早到洞中练功习武。一天练武毕,坐在石凳上思索,忽见洞后壁有条裂隙,漏入一线白光,甚感诧异。平日从无看到,黄巢起身走向后壁,对着缝隙向内用力一推,石门大开,里有石室,石台上摆一只木箱,壁前竖着一把大金刀,旁挂一把宝剑。黄巢上前提刀在手,十分称心,打开木箱,见金光闪闪,铠甲一套,穿在身上,甚是合身,取下宝剑,佩在腰间。黄巢甚喜,忍不住就在洞中挥舞起来,精神百倍,呼呼有声。舞完将衣甲卸下照原样放好,石门拉拢,照样回寺烧火不提。

山大王沉思:"有此能人,不可轻敌。"下令整顿军马操练。是日,带领大小头目、喽啰数百名,下山进发向王家庄挑战。

同日,黄巢练武毕,推开石门,全副武装,手执金刀奔向庄口,壮士们见了这副打扮,惊喜欲狂,个个精神百倍,大声呼喊助威!

山大王身骑棕骝马,手执长枪,抬头一看,见面前站着一位恍如天降金刚下凡,不觉心寒,便问:"来者何人?"答曰:"俺青云寺徒儿黄巢是也,愿与大王领教一下。"山大王提枪拍马向前,"唰"一枪刺来,黄巢举刀一格,转手一刀劈去,山大王勒马撇开。马步交锋,战有数十回合,黄巢心生一计,纵身一跳马后,用刀柄轻轻一送,山大王离鞍往前撇出丈余在地,黄巢乘机纵身跳

上棕骝马坐定,笑呵呵地说:"谢大王赐马!"那山大王勉强从地上爬起来,眼见威武神甲、宝刀、战马,如遇见天神似的!当即跪下拜道:"英主神武,我非能及,望您收下,愿执鞭随镫,效犬马之劳!"黄巢一听转怒而喜道:"吾有何能收汝为部下,无非汝等不来侵犯便是。"随即跳下马,来扶起山大王。山大王说:"您不见弃,请您到山寨一叙如何?"黄巢心想:我在青云寺做个烧火和尚,有何出息,既然相邀去山寨亦可。想罢便道:"真有诚意,吾当愿往,如想骗杀,毋庸此计。"山大王闻言,泪流满面,稽首立誓道:"愿天明鉴,如有异心,天诛地灭!"黄巢见山大王叩头情切,深为感动,便嘱咐壮士们回庄,吾去无虞,放心便是,遂骑上马,山大王牵马,步行向山寨而去。

到了山寨,山大王亲自奉茶让座。黄巢觉得过意不去,再三谦让,不肯上坐。山大王遂令大小头目前来跪拜。一时寨内热热闹闹,赞颂不绝。

山大王说:"目前唐皇昏庸,国无良将,朝无贤相,奸诈妄为,贪官当道,饥寒交迫,民不聊生,日起严重,盗寇群起。英主神勇,天下无双,何不趁此良机起兵反唐,一统天下之大业。"

黄巢闻言道:"区区之兵,何作反唐乎?"山大王说:"吾有盟友二十余名,皆占山立寨为主,各有人马,多者数万,少者数千,还有湖泊首领,再加盟友的盟友在内,估计有十万之多,如连地方投军加起来,集中编制,加以整训后,举旗起义,起兵进取长安,何愁大事不成?"

黄巢沉思良久问道:"汝尊名贵姓,有此宏才大略,敢反朝廷呼?""吾姓李名仁勖(即后唐庄崇),原是唐皇远亲,赐封山东、河北节度使,生平喜交朋友,广结天下英杰。故各地英雄纷纷前来拜访,热情接待。不料被人参奏,诬告吾勾结绿林、水寇、图谋反唐,唐皇下旨捉拿在下归京问罪。多亏先得预报实情,才免一死,再加本地旱荒严重,民众饥寒交迫,遂带本部人马及本地壮汉、灾民南下,暂借此山安生。"

黄巢听罢道:"君子非常人也!吾敬佩,就依君之言摆布吧!"如此广发请帖,敬邀请各地盟友,前来商议举兵反唐等事项。不数日,各地盟友相继到青田寨中,李仁勖热情招待。到齐后,次日引众盟友与黄巢见面,众寨主见黄巢金光耀眼,英武雄伟,好似天神,顿生敬慕!皆稽首拜谒,口称英主盟王。

黄巢立起躬身道:"吾有何德何能,只不过是李仁勖大王推荐而已。众位英雄为国为民共图大业,事成之后,贤者为主,其次为辅,同心协力,夺取唐室天下。"众英雄闻言皆心服。

遂请能人撰文布告天下:有识时务者,速举义旗,投奔我等,顺天行事,同举义旗,共享太平等。不到半月时间,聚十五万之众会集青田,声势浩大!

公元875年,黄巢起义,定于农历五月初五日午时举刀进军,下令见人就杀,这下可急坏了当地来投的义军,他们群起上诉:"我等前来投军,目的是为了今后全家幸福,过上太平日子,大家都有父母妻儿,一旦屠杀,玉石不分而受遭害,我们还有什么好日子过呢?"黄巢听罢,深以为善,遂告在队的义兵在起义那天,可在自家大门上贴黄纸门符,用艾作旗,菖蒲作剑挂插两旁,作为标记,可以免杀。众兵听了心中甚喜,分头告知家属照样行事。这一消息泄漏后,一传十,十传百,亲戚告朋友,朋友告知己,整个青田县都这样做法。

有识之士提议:"祭旗最好拿姓柳的人先开刀当吉,因柳随

地都会生根,有壮大成林的兆头。"黄巢听了,心想我师父姓柳,是我的最大恩人,如何使得?遂告师父,祭旗那天,你可到后山洞避一避,免受害之苦。

师父听了大惊失色!到了那天清早就逃到后山洞里躲藏起来,只听到战鼓、螺角齐鸣,刀枪剑戟声声,人喊马嘶,好不惊慌!心想:我躲在这里,他会杀我,不对!换个地方吧,逃到寺内天花板上躲吧,谁知那里更近更响,更不对!寺对面有株大柳树,刚好有个洞好躲,躲进洞中,觉得很安宁又舒服,便睡着了。

到时,大小将领、士兵全副武装,站立两旁,旗帜摇曳,刀光剑影,威武不堪,杀气冲天!观者毛发悚然,号炮一声,锣鼓喧天,旗帜摇动,刀枪发光,号筒、螺角齐鸣,震天动地。二声炮响,旗队出动,黄字大旗冉冉升起,迎风招展。三声炮响,战鼓齐鸣,喊杀冲天,旗门开处,见黄巢金铠神甲,身登棕骝宝马,如天神降临,立马横刀直奔向前,向大柳树一刀挥去。树倒,一颗血淋淋的人头落下地来,定睛一看,正是师父。黄巢惊讶不已!士兵即将人头装盘托放祭桌,并加三牲福礼,焚香祭祷!黄巢想:杀人是天数注定,命该如此,遂起狠性,用杀来征服人间。

黄巢一路杀来,"尸横遍野,骨堆如山"的惨剧一直传说于今。

大军起程过青田县境,见家家户户都挂黄纸门符、艾旗、菖蒲剑,就直奔安徽合肥城下安营扎寨。

合肥城原是战略要地,故唐皇派一等上将把守。守将自忖:我身为大将,大小战事已过百场,从无败也,心中愤怒,遂披挂上马,带领守军,放下吊桥,一马当先,排成阵势等候。

义军大队随即赶来。黄巢一马当先,立于阵前。守将一看大惊，来者不善，便紧握大刀，问道："汝是何人？胆敢造反！"黄巢厉声道："唐皇昏庸，贪官当道，北地旱荒，不赈济灾，生命垂危，故反唐起兵也！"守将闻言道："看我刀的厉害！"提刀直冲过来，黄巢举刀相迎。刀劈刀架，刀冲刀撇，上下斩杀，各显神通。你前我后，左右跑马团团转，战有二十余回合，难分胜负。黄巢心想：出军不能不利，剎我威风！心生一计，佯作不敌，绕阵而逃，守将见情，猛挺大刀冲来，黄巢忽勒马侧后，大吼一声，横刀劈去，将守将后脑半壁削去，守将翻身落马。众义军见状奋勇冲向敌阵。黄巢一马当先冲过吊桥，义军随后奋杀，逃兵只恨爹娘少生两只脚，个个被砍头身亡。义军直冲进城，逢人便杀。黄巢杀性更甚，挥刀似旋风，如切菜劈瓜。众兵屠城，杀得鸡犬不留，血流遍地，惨不忍睹！如此杀威，传遍各地，个个心惊胆战，恐慌不已。一路进兵，见人就杀，似入无人之境，所到城池、要塞空空如洗。不久，黄巢率兵来到河南开封，守将早已吓得魂不附体，自思合肥守将武艺高我一倍皆不敌，我如何守得，不如弃城逃吧，主意已定，领兵退走。黄巢就这样顺利来到陕西潼关，见关隘雄伟，高大坚固，一时难敌，遂安营扎寨。

　　黄巢每日领兵讨战。守将登楼远眺，见漫山遍野都是营寨，人马整齐威武，深为惊慌忧虑！暗思义军一路征战讨伐，合肥一战，全军覆没，并遭屠城之苦，百姓遭难！我若失利，百姓难免同样遭难，再想唐皇昏弱，又无援兵，孤军难守，不如谈妥条件，开城投诚。一连三天闭关不出。直到第四天，隘门开启，一彪人马来到阵前，一将出马向前，抱拳躬身道：英主只要爱民，不杀无辜，吾等愿献关投诚。黄巢听罢向前答曰："将军只要开关放行，吾军丝毫不犯，对天盟誓！"守将躬身说：英主稍待，容吾清理关

道,奉香顶礼,迎拜进关。

　　黄巢下令,严禁乱杀,违令者斩!是日,果真关门大开,百姓张灯结彩,沿途焚香顶礼,义军徐徐进关,秋毫不犯,向长安进发。

　　唐皇闻报,亦不坐朝理事,亦不调遣人马防守御敌,即携带传国玉玺、后妃、侍从、亲人等仓皇逃出长安,奔向部属朱温领地而去。

　　黄巢进得长安不提,且说黄巢部下仁勖治军有方,开仓调粮,开库发薪。时已深秋,赶制棉衣发放,井井有条,惟望黄巢登基议事封赏。时将过一月,不见动静,遂进宫探望黄巢,见黄巢英武全失。黄巢说:"吾有病无法登基。"仁勖出宫叹曰:"天数也!"大小将领见黄巢迟迟不受朝听封,军心动摇,个别机灵的在皇宫收掳金银财宝,偷偷地逃奔回家,小头目也掳些财物奔回原寨。不到半月,二十万义军只有一半义军留下待望。

　　再说唐节度使朱温为保持实力起见,不敢盲动,常派探子前往长安打探消息。据报,大军大半分散,长安空虚,军士掳掠,争夺宫娥翠女和宫中珠宝,街市紊乱无序,非治国安天下之辈。朱温想:时机已到,遂传令起兵讨伐长安。仁勖闻极,急见黄巢。黄巢说:我病未愈,望汝领兵抵敌。勖遵令,召义军头目带领部下迎战。此时人心已散,各有自己的打算,应召前来的不到半数,领军对敌。

　　朱温领先,仁勖出马相见。朱温说:"同是朝廷名官,因何投逆叛朝?"仁勖说:"唐皇疑我勾结绿林、水寇,我见黄巢英武,故投矣!"温说:"今唐皇撤走,不会追问,如今山东、河北丰收,可否重返原地爵位,以待时机。"勖听了,低头不语,双方佯战一阵,各收兵回营。仁勖当即下马进宫见黄巢说:"朱温武艺高强,我不能敌。"

次日,黄巢强作精神,披甲上棕骝马,提刀领兵出城迎战。朱温一见,心有怯意,提枪向前,刀枪并举,战有十合,暗思:此人武艺不凡。战有三十余合,黄巢渐渐不支,退回营中。

黄巢回到宫中暂歇养神,想自举义以来,一路顺风,今受挫折,士气低落,实难取胜,不如退出长安吧。次日下令,全军退出长安。朱温乘势进驻长安,当日出榜安民,百姓礼香恭迎。朱温便坐殿自称王,选精兵强将追袭黄巢,黄巢连战连败,士兵逃、溜占两成,只好退出潼关,计点兵马只剩四万之众。退到河南走开封,仁勖暗思:巢有勇无谋,本可登基安民,加封唐皇旧臣,人心归附,何愁大事不成? 却弄到如此地步,我再跟随还有何用? 不如听朱温的话,重返山东创业吧,算计已定,向黄巢说:"现大势已去,前途茫茫,我离山东多年,部下都想返乡探视亲人。我亦有此意,可否赐我回家一趟,日后再来追随同聚可好?"黄巢想罢曰:"事已至此,你欲往探视,也是常情,你带本部人马,回乡探亲去吧!"这样黄巢只剩下本地义军二万来名了,心无定局,后有朱温追军,只得过江向浙江杭州进发。据探,杭州早有准备,只得绕城到余杭。见余杭也有准备,就退到长乐安营扎寨,再作商议。黄巢见长乐地势平坦,可作战场,胜可攻余杭、袭杭州,退可进山隐蔽,心中甚喜! 带领部分人马向北前进,过双溪、黄湖到高村,绕西前进,见林中有寺(宝幢寺),到了寺中。住持出迎,奉茶毕,黄巢见寺规模宏大清静,便道:"我是黄巢,今行军到此,想借宝刹一宿,如何?"住持想:他是武将,不宜推却,顺口便说:"将军就寝何妨,不过禅房宜静,不能繁吵。"

黄巢说:"那当然,我只带亲随进寺。"自此安居寺内与住持论经、说道,十分投机。

再说朱温的追兵进驻余杭,见巢兵扎寨田野,拟定歇兵三天,来日交战。巢得书批复应战,翌日全副武装,身骑棕骝马,提刀出战。朱军大将出阵,刀枪并举,你来我往,刀劈枪迎,枪刺刀撇,自晨战到午后,各有伤亡。朱将想:此人武艺平凡,不如用计刺杀,可报功得偿,顿时枪枪不离黄巢左右、前后、上下,像旋风般朝黄巢的要害刺来,杀得黄巢团团转。黄巢大怒,尽平生之力一刀劈下,那将双手上顶,当的一声,火光迸发,枪杆弯如弓,双手麻木,虎口震裂。朱将勒转马头,惊出一身冷汗!黄巢想战已多时,让他走吧!各自收兵回营。朱将得此教训,不轻敌,上书求救,再行讨伐,双方按兵不动。

黄巢回到宝幢寺内自养,想往南京,探得独松关已严密把守,进退无路,又无援军,孤军苦守,心中烦恼,所带粮草告急。这时士兵回青田老家甚近,眼见大势已去。从个别到小班,小队集体逃跑,不到半月二万人马,不到半数,且天天有逃兵,无法阻止。

朱温得书后,即调精兵猛将数万人马,前来助阵,兵到余杭商议讨伐。杭州、余杭作后勤配备,进兵长乐交战。

黄巢这时已兵寡粮尽,高村山庄又无多储粮,无奈,将宝幢寺内多年存粮开仓尽用,再与朱将决一死战。黄巢提刀匹马向前,士兵随后。一路上溜的溜,逃的逃,只剩下近身兵将数千在长乐血战。朱军四面八方围住,大喊活捉黄巢!黄巢奋刀斩将劈校,勇似猛虎,刀起头落,血染战袍,连马全身都染得通红!朱军众将见黄巢如此英勇,皆惧怕不敢近前,黄巢挥刀大喊,杀出

重围,义军乘势杀出在前,黄巢横刀断后,徐徐向高村退去,朱军不敢追。

回到寺中停歇片刻,看战马全身是血,就牵马到山沟里去擦洗。他脱下铠甲,擦尽血迹,换上便衣。次日早起,黄巢对众将曰:"尔等随我受尽苦难,未成大业,连累大家,无可赠谢。"说罢,就把长安带来的金银分发给各位,道:权当路费,各奔前程!我亦隐退终身。尚有棕骝马为我效劳至今,愿放青山,希大家在后山平地设坛祭马归山。众将得令,大家动手,顷刻坛已摆好。黄巢牵马上坛,向爱马下拜祝愿:"万古千秋为神马。"起身摸摸马身子,在马股上拍了数下,说声:"归山去吧!"那马镫蹬脚,点点头,长嘶一声,竖起鬃毛向后山跑去。黄巢又与众将辞别,众将挥泪而去。

黄巢孤身一人跑上山顶,将全身铠甲卸下,换上民间衣服,穿上山袜草鞋,腰系砍刀,似樵夫模样。随手将宝刀抛向天空,只见宝刀向北飞去,又将盔帽抛上山冈,落下来成一块"纱帽石",再将宝剑插入岩石中。铠甲、战靴藏在石箱内,随手推开,拿起竹枪向西房坞走去。

据说,黄巢又回到青云寺落发为僧,隐姓埋名,静心修行而终。

夏禹治水与横湖的来历

　　传说,地面被太阳照射得比开水还烫,久旱不下雨。哪吒去奋战东海龙皇,东海龙皇被哪吒闹得天翻地覆,便放出了"九龙"降水,雨下了三年零六个月。地球上天昏地黑,一片汪洋。这时大禹站了出来,带领一批黎民百姓与洪水英勇搏斗。

　　有一天,鳌鱼精游到钱塘江口来观察水情,一看不得了,哪还有海陆之分?汪洋一片沉九洲,大批百姓和牲畜被洪水冲向东海。鳌鱼精立即回头去报告东海龙皇,说:"神州已和东海一样,天水相连。"龙皇一听哈哈大笑,心想你们人类要闹,就给点颜色看看不过是帮我扩大海域而已。后来,哪吒大闹龙宫越战越强,在鳌鱼精的帮助下,不仅降服了龙皇,还斩杀了九条老龙。此后,龙皇便不再连降大雨。

　　再说大禹带领民众搬土平道,挖溪垫地,利用水利发展农业,前后战了三十年,才有了绿树成荫、农产丰富的大千世界。人们对夏禹治水的功德,世世代代传颂和纪念,同时也没有忘记东海鳌鱼精的功劳:当人们在元宵灯会上出鱼灯时,十六只鱼灯,鳌鱼灯就是带路的领头灯。因为鳌鱼是降服龙皇的带头鱼。

　　后来,经过长年累月地冲刷,地形倾向东方,横湖成了由北

向南横向延伸的湖泊。相传在四千多年前,东方地壳下沉,水位下降,才变成由北向南流去的大溪滩。原先横湖没有地。从双溪到泗溪是靠船通航。夏禹治水时,因泗溪上游大水涨涌而入,夏禹带领民众在泮板漕桥决口,洪水倾注而泄,才形成溪滩,南北横向湖泊,得名横湖。横湖这条溪滩有着悠久的历史,最早是绍兴游民在横湖开发、耕种、定居,后来又有部分温州人迁入,才逐渐繁华起来。

从清朝乾隆年间,横湖造了一座兴国寺,清末改称土地庙,并建立了庙会,才开始兴盛起来。1948年,又建造了杭孝公路,从此,横湖集镇才一天比一天热闹。1949年新中国成立后,横湖建立了人民政权,成了横湖区所在地,1958年建立了横湖人民公社,1985年又改建为横湖镇人民政府。横湖镇成了横湖政治、经济、文化的中心。

大禹治水传说

　　早在远古舜为帝的时代,老天连日大雨,河水上涨,大批的农田和村庄全部被洪水淹没,连成一片汪洋大海。

　　舜为了拯救百姓,派出禹的父亲去治水,禹的父亲采用"水来土当,兵来将挡"的办法,命令治水的工人筑起了一道拦洪堤坝来堵截洪水,结果洪水越来越高,最后还是冲垮堤坝,继续向前推进。他治了好长时间的洪水,没有把洪水治退。舜大为恼火,免去了他的职务。

　　舜访贤求能,听说夏禹很有才能,就命夏禹来治理洪水,夏禹担任了治水的职务后,立刻告别了父母和妻子,来到洪水区。他身穿裹衣,戴着笠帽,坐着木舟,从这里看到那里。他没有急于治水,而是四处观察水势,了解洪水的来龙去脉,采用了与他父亲相反的办法:凡是阻塞洪水流去的河道,拓宽开深,让使洪水畅流无阻,直奔江河大海。

　　传说,因夏禹来余杭治水,余杭原来的县名叫"禹航"。后人把它叫别了,现在称为余杭。

　　夏禹白天驾着小舟出去治水,夜晚他的小舟就在一座露出水面的山尖上停靠,后来人们把这座水山叫舟枕山。

那时,夏禹驾舟来到黄湖,黄湖有多处村和山因夏禹而得名。黄湖是多山地区,群山林立、高低错落,木舟极易触到淹没在水底的山尖上,于是他就改用竹排。

黄湖镇的东面,有两座大山,一座黄位山,一座岩山,方圆数十里,粗粗相看,似乎一样高,但老人们说"岩山高呀高,不及黄位山的腰",可见黄位山要比岩山高得多了。

传说,洪水淹没了岩山的大部。在岩山的丰腰上有一座山的顶峰像螺蛳的屁股拱出水面。当年夏禹治水的竹排,常吊在它的上面,因而得名吊排椿。

后来,洪水渐渐退了,夏禹的舟停靠在一个山下的村子里,于是人们把这个村称为周家埠。有时,夏禹的舟停在黄位山脚下,下舟后就沿着一级一级的石阶登上黄位山观察水情,后来,人们把那里叫作石扶梯。地名一直沿用至今。

夏禹离家治水三年,曾三次经过自家门口,他没有进家去。在他的带领下,终于把洪水治服了。舜认为夏禹是个有能力的人,就把自己的王位让给了他。

康王夜走蜈蚣岭

宋朝时候，虎山村西的蜈蚣岭生满了蜈蚣，人们白天只有大中午敢上去砍柴、采药，翻山过去做生意，到了晚上给八个胆子也不敢去，要不这里怎么叫蜈蚣岭呢？

村里有这么一个小伙子，名叫刘四，人很聪明，平时靠上蜈蚣岭采药材，在院子里养几十只鸡生活。这天他刚从蜈蚣岭回来，一位浑身都是尘土的男子跌跌撞撞进来，说要讨口水喝。

刘四打了一瓢水给他，这人掏出丝绢，擦了擦瓢沿才喝了下去。刘四暗自寻思，这个人非富即贵，不是一般人，就试探地问："客人，你从哪里来，要到哪里去？"

这人操着北方口音说："我要去杭城，今晚就得翻过蜈蚣岭去，你有火把吗？"刘四急忙说："蜈蚣岭到了晚上神仙都不敢过，到处都是蜈蚣啊！你想过，必须明天正午。"

这人满脸焦急，说："后面有金兵追我，如果被追上我就死路一条了。"所谓金兵，刘四也听说过，据说是由金国太子金兀术率领，村民叫"乌珠兵"。能被乌珠兵追，看来这人来头不小啊。刘四问："晚上过蜈蚣岭也有法子，但你究竟是什么人？"

这人长叹一口气，说："我是徽宗第九子康王，被追兵追赶到

这里,如果今晚过不了蜈蚣岭,只有死路一条了。"见刘四不大相信,康王索性拿出一颗宝珠来,说:"只要让我过了蜈蚣岭,这颗宝珠就是你的了。"

宝珠流光溢彩,明显是价值连城。刘四这人聪明,知道落难的康王也得罪不起,没敢接宝珠,而是跪倒在地,说:"原来是康王殿下光临,草民有眼不识泰山。"

康王扶起他来,直接说:"你快说怎么过蜈蚣岭吧,金兵追来就晚了。"刘四嘻嘻一笑,说:"我爷爷那辈就靠在蜈蚣岭采药为生,还真知道怎么过,您等着。"

刘四来到院子里的鸡舍,抓出一只大公鸡来,放到秤上称了称,摇了摇头,然后喂鸡吃饲料。等公鸡不吃了,他又把公鸡放到秤上,又摇了摇头,然后问康王:带着什么肉食没有?康王也猜不透刘四葫芦里卖着什么药,不过还是从腰间拿出块干肉来,给了刘四。刘四接了,用刀切碎,喂给了大公鸡。这只大公鸡一身羽毛五彩斑斓,十分壮硕,本来吃饱了饲料不吃了,可闻了闻肉,又吃起来。

等公鸡吃完,刘四又称了一次,这才对康王说:"殿下,您这身衣服可过不了蜈蚣岭,需要换上我这身上山的行头。"刘四的行头,是一双铁底芒鞋,一条牛皮裤。等康王穿上,刘四又找了个竹篓,把大公鸡放进去,让康王背上,这才说:"蜈蚣最怕公鸡,闻着味儿就不敢靠近,有这个公鸡,您尽管夜走蜈蚣岭,一点事儿没有!"

康王半信半疑,不过追兵在后面,不信也得信,当下要了个火把,天擦黑的时候,独自上了蜈蚣岭。上了山路,康王点着火把一照脚下:老天! 密密麻麻的蜈蚣都快把路遮没了。奇怪的是:蜈蚣没一只敢近身的,老远就躲开了,康王这才放了心。

等走到半山腰,康王就听后面响起了呼喊声:"别让康王跑了,抓住有重赏!"回头一看:只见山脚的火把都串成长龙了,朝山上追来,而且,呼喊声中夹杂着公鸡叫的声音。康王心头又起了怒气:好你个刘四,用公鸡护送我上山,怎么又把公鸡给了金兵?

就在这时,追赶的金兵忽然响起了惨叫声:"啊,好大的蜈蚣,我被咬了。""我也是,咱们快撤!"叽里咕隆一阵响,金兵纷纷滚下山去,连火把都灭了。

康王抬手擦了把汗,好险,如果金兵上了山,自己就完了。但他又纳闷起来,怎么自己带着公鸡就不遭蜈蚣咬,金兵就不行?

康王下了山,到了杭城后,不久就称了帝,也就是宋高宗。等局势稳定下来,高宗又想起蜈蚣岭来:怎么蜈蚣不咬自己,只咬金兵呢?于是下了诏书,宣刘四见驾。

刘四已经听说了康王登基坐了殿,知道自己立了大功,功高莫过救驾嘛!就喜滋滋地去了。在大殿上,高宗问他:"为何蜈蚣岭的蜈蚣;只咬金兵不咬朕呢?"

当着满朝文武的面,刘四就说了:"启禀皇上,您本是真龙天子,小小蜈蚣怎敢下口呢?"赵构一听这个高兴,就厚赏了赵四。等散了朝,高宗又把刘四叫进后宫了,问话直来直去:"赵四,你老实说,为何蜈蚣岭的蜈蚣,只咬金兵不咬朕呢?"

赵四这回不敢胡拍了,老实说:"我爷爷活着的时候,告诉过我,公鸡一上九斤八两,就不能叫鸡了,那就是凤!再大再厉害的蜈蚣也害怕,所以我才用干肉把公鸡喂到九斤八两,让您

带上。乌珠兵的公鸡都是三五斤的小公鸡,自然镇不住那些大蜈蚣。"

原来是这样啊,高宗心头越发觉得,赵四这小子够聪明,就说:"你回去别养鸡了,就当虎山村的官,不!当黄湖镇的官。但你有个任务,就是把蜈蚣岭上的蜈蚣都除了。毕竟离杭城这么近,实在有碍交通。"

赵四当了官,立刻精神抖擞,他领了一些兵丁,在冬季蜈蚣岭树木干燥的时候,放了一把山火,把岭上蜈蚣烧死大半,之后又驱赶大量公鸡上山,把残留在石头缝里、树根底下的蜈蚣吃了个干净。第二年春上,他又带人植树造林,让蜈蚣岭恢复了郁郁葱葱的面貌。

现在,蜈蚣岭上基本没什么蜈蚣了,只剩下个名字,让后人不由想起这段传闻。

刘伯温和万寿寺

　　明朝洪武年间,军师刘伯温得罪了当朝权臣胡惟庸,眼见皇上朱元璋十分昏庸,索性辞了官,要回到家乡浙江文成养老。

　　这一路车马劳顿,眼看来到余杭地界,刘伯温只见此地风光秀丽,左有老虎山,右有天龙山,后面还有王位山,真是个风水宝地,不由动了心。他找了个当地老乡问:"这是什么地方呢?"

　　老乡操着乡音回答:"这里是黄湖镇清波村,您从哪里来?"这吴侬软语和文成倒有些相似,刘伯温听着倍感亲切,他也操着乡音回答:"我从京城来,想在这里居住。"

　　刘伯温这话可不是随便说的,他当真叫随从停了车马,然后选定一处宝地,告诉手下人,就在这里建宅院。

　　刘伯温本是大明建国大功臣,受到的赏赐很不少,于是他就大兴土木,建起了三进三出的大宅院,住了下来。随后,他又派人去文成接来家眷,打算在这里享受天伦之乐。

　　俗话说得好,不怕没好事,就怕没好人。余杭县的县令知道大名鼎鼎的刘伯温住在了黄湖清波村,不由吓了一跳,他知道当朝宰相胡惟庸对刘伯温不满,这要是被胡宰相怪罪下来,如何是好?思来想去,这家伙觉得应该主动向胡宰相报告,于是修书一封,派人送到京城宰相府。

胡惟庸看罢来信,问送信的人,这个清波村,是个如何地势? 来人答道:"我们这里风光秀丽,物产丰富,左边是天龙山,右边是老虎山,背后是王位山,地势十分重要。"

听到"王位"二字,胡惟庸脑子一转,就冒上坏水了,他知道皇上朱元璋最怕的就是手下造他的反,尤其是像刘伯温这种足智多谋的,造起反来还了得! 于是,这家伙立刻奔皇宫,向皇上打小报告:"皇上啊,大事不好,刘伯温说是要辞官回乡,可是走到余杭县的黄湖镇清波村就不走了,他在那里修了宅院。这宅院左天龙山右老虎山,后面靠王位山,这是出天子的风水阳宅啊,皇上不可不防!"

朱元璋一听大怒,立刻派下锦衣卫,去黄湖抓刘伯温。他是这么嘱咐的,如果刘宅四周确实两边的山是天龙山和老虎山,后面王位山,立刻解押来京,打入天牢!

如狼似虎的锦衣卫来到黄湖,果然看到那三座山,和皇上说的丝毫不差,问题是,没找到刘宅! 他们在清波村东转悠西转悠,看到前面有座寺院,上面大书三个字"万寿寺",寺前还有位老者在洒扫台阶,不是别人,正是刘伯温。

这是咋回事? 其实胡惟庸在向皇上告状的时候,旁边有伴驾的宫女听说要抓刘伯温,急忙报告了大脚马皇后。马皇后知道胡宰相是个大奸臣,刘伯温才是大好人,这人不能抓啊,于是派了一个心腹御林军,快马加鞭赶在锦衣卫前头,告诉刘伯温这件事。也就是比锦衣卫早来了两天。

刘伯温接报,就犯了难。逃走吗? 那就坐实了造反罪名,可留在这里,宅院又拆不及,如何是好? 思来想去,刘伯温想出一

计，当即让工匠连夜把宅院改成寺庙样子，又派下人去外地买了两座大佛像，装在厅堂里，然后亲自挥毫，写下"万寿寺"三个字。他是这么向锦衣卫解释的："听闻皇上龙体欠安，草民特意修建这万寿寺给皇上祈福延寿，几位大人如果不信，可以入内一观。"

锦衣卫半信半疑，走进去一看，果然厅堂内摆着两尊大佛像，不过这佛像还是工匠们的半成品，还没上金漆呢。"这是何故？"锦衣卫问刘伯温。

"启禀大人，由于寺庙尚未竣工，所以佛像还是泥胎。"锦衣卫看半天挑不出毛病，又想起皇上说了，宅院周围有那三座山就抓人，现在没宅院却有个万寿寺，人自然不能抓了。于是锦衣卫们打马回京，进宫缴旨。

皇上一听，这刘伯温远在浙江，还记挂寡人身体，是大大的忠臣哪，应该有赏！这一说赏，胡惟庸又过来了，说道："皇上，我看不如赏赐一座金香炉，放在万寿寺里，足见陛下的虔诚。"朱元璋觉得是个好主意，就依言准奏。

胡惟庸可没安什么好心眼，金香炉一运进万寿寺，刘伯温就紧张上了。因为这地儿可不太平，山上常常有强人出没，这要是下来劫掠，根本挡不住，如果有失，皇上肯定会怪罪。如果把金香炉藏起来呢，更是大逆不道，皇上赏给你是让你祈福的，你倒好，藏起来秘不示人？

刘伯温也觉出这个金香炉是个烫手山芋，只好让所有手下夜晚都别睡了，严加看守院子里的金香炉，他自己高卧榻上，暗暗想办法。这一睡，他还睡着了，梦里就见自己搬来的两尊佛像闪闪发出金光，照耀四方。等醒来，他就有主意了，急忙招呼众

人："把金香炉给我熔化了,佛像不还是泥胎吗? 就用这金水漆上!"

这主意倒不错,人要衣装佛要金装嘛,就是盗匪来偷,几万斤的佛像,他也偷不动啊。问题是,怎么向皇上交代? 刘伯温不慌不忙,说："我自有妙法,你们只管去干。"说着,他就回屋修书一封,差人送给马皇后,托她转交皇上,说刘伯温在万寿寺中做了一梦,梦见佛祖向刘伯温讨要金装,这样可保皇上万寿无疆。刘伯温不敢违逆佛祖意思,只好照办。

皇上一看刘伯温的书信,再加上马皇后一个劲地给刘伯温说好话,就觉得刘伯温这人可以放心,暂时不追究了。

可刘伯温不这么想,他知道朱元璋生性多疑,说不定哪天又找自己麻烦,清波村这里是不能待了,于是从外地大寺请来高僧主持万寿寺,自己带家人回到了家乡文成。

从此清波村里就有了万寿寺,直到如今,还有以万寿寺为名的自然村。

刘伯温黄湖口破风水

黄湖镇南有两座塔,东南面叫东山塔,西南面叫白塔;白塔山南那个村叫黄湖口(原白塔村三组,据《余杭县地名志》载:此村位于黄湖与双溪交界口)。

据《余杭县志》载:黄湖,相传古有湖塘横于溪上,故名。湖塘与黄湖大溪相连,随着地壳运动,溪道东移,从而形成溪道与湖塘隔离,留下部分湖塘,到了隋朝时在湖塘西岸、湖(塘)东溪边的小山上各建了一座塔,西塔俗名白塔,其山故名白塔山。从此,这部分湖塘就叫白塔湖。

从前白塔山,又名元宝山。白塔位于元宝山主峰,西塔高,东塔低,两座宝塔遥相呼应。相传,白塔山和东塔山白天对峙,晚上相会,天黑后,黄湖到双溪要绕大圈子(江塘庵)走。南下的顾客到了天黑后都要在近山寺(在白塔山东北侧,后改名近山庙)打尖。故夜晚南来北往的顾客十分不便,当地人们怨声载道。

到了明初,开国军师刘伯温,奉旨督查水利和驿道修筑。他身穿道袍,途经黄湖,夜宿近山寺。夜晚刘伯温与方丈闲聊,方丈无意间向其诉说晚上黄湖到双溪,都要绕道走之事,刘伯温听

后甚感惊奇,便邀方丈到寺外相看,果真前面两山相连,两座宝塔像龙角,高高矗立。顿觉元宝山是龙母,白天潜身白塔湖,晚上龙头东伸,东山是小龙,夜里西来,母子相会,此地将来要出天子了。刘伯温心中暗想:"南方人当皇帝心肠太坏,朱元璋的一餐庆功宴叫功臣们全部身亡,哪能再让南方人当皇帝呢?待我明天将它破了!"他想罢,就对方丈说:"真怪,如不是亲眼所见,谁能信?"接着又对方丈说:"方丈!我是刘伯温,奉皇上圣旨来此督查水利和驿道修筑,我要在这里多住几日,一切费用到时一并奉上。"第二天早上,刘伯温就以督查驿道为由到黄湖口村南仔细观察,见白塔山南像条鱼,头朝东,白塔就立在鱼的额头上,不觉失声道:"原来白塔山是条大鲤鱼精(母),东塔山是条小鲤鱼精(子),鱼头朝西,故白天分别藏身于白塔湖和东山深潭中,晚上母子相会,再过六十年后,小鲤鱼精就会成精定形,此地就会出天子。"第三天早上,刘伯温就到东山堰坝摆了一块石头(这块石头是一枚石钉,钉在小鲤鱼精的下嘴唇上)。即令驿道修筑工将驿道改道:从近山寺前沿白塔湖东连接黄湖口村村口的小桥,并在小桥上建了一座凉亭(即现白塔凉亭,将凉亭挡在鱼道中);把白塔湖入水口和出水口的平石桥改筑石拱桥(将鲤鱼精封锁在白塔湖中),又诱骗黄湖口村民,南水北调,将村中的那条水沟改道,流入白塔湖(断了鲤鱼精的母子相会的水道)。又令当地村民在木鱼岭北山脚边开了一条排水山沟(这条山沟是白塔山的龙脉,沟挖好后,白塔山的龙脉被挖断了)。

凉亭建好后,晚上从黄湖至双溪,再也不用绕道走了,当地人们奔走相告。但不久,东塔山夜夜闻哭声,一连哭了三年,小鲤鱼精饿死了。木鱼岭北的小山沟也流了三年血红水,母鲤鱼

精的血流干也死了。

三年后,东山塔倒塌了,不久白塔顶端也倒塌了。

有一天,一位风水先生路过白塔凉亭,一看大惊:此亭南北走向,掐断了鱼路,急忙走到亭外观看,见东、西山两条鱼精已死,惋惜不已。是晚,这位风水先生夜宿在近山寺,与方丈闲聊时,讲了白塔山风水被破一事。方丈听后方知是刘伯温所为,深悔自家多言。次日方丈遣走众僧和顾客后,举火(连同寺院)自焚。后来,人们才知道黄湖本来要出天子,却被刘伯温破了风水。

主考大臣张馨生之死

横湖张家有个张馨生，从小攻读书文，能写一手好字，学得一肚好文，上京通考，身得头名，皇上放官，为主考大臣。

皇帝亲信汪天官看张馨生才貌出众，将自己的女儿许配张馨生，较为恩宠。有一年清明，张馨生带着老婆回乡祭祖扫墓，回京时带去两名同窗好友，到京城时正巧碰上皇帝娘娘一队人马去城隍庙烧香拜佛，张馨生和老婆及两名好友都挤在人群里看进闹，不料奸人作对，太监黄瀹陪娘娘烧香后向皇上奏了一本，说："娘娘在烧香途中，主考大臣张馨生偷看皇娘，应有杀头之罪。"当时的皇帝听太监奏本。臣有促犯皇律，也不分青红皂白，就发签旨令见斩。张馨生得悉将无故被斩，心惊肉跳一时晕了过去。心想迟死不如早死！被杀不如自杀，心里一恨，就将自己手指上的金戒指拉下，含冤往肚里一咽，当即两眼翻白，双脚挺直，一命呜呼了。

汪天官的女儿，张馨生的老婆得知丈夫在金殿吞金自杀，就直奔皇帝养身宫，哭闹非凡，着地打滚。哭声，喊声，骂声，响彻紫禁城，闹得满天飞云。汪天官要奏本太监在皇上面前评理，张馨生老婆要讨回人命，弄得皇上焦头烂额，耳震人晕，三天三夜

不得安宁,皇上无奈,总算取消奏章,将太监打入冷宫。人死已无法挽还,将张馨生的老婆封为大娘娘,任浙江统尉,巡命浙江文武百官。

传说大娘娘任浙江统尉时,为人开明,伸张正义,为民申冤,民众所颂。

杭城游玩出事端

　　张馨生的老婆被皇上封为浙江统尉。大阿娘到浙江任职后，张馨生有个亲弟叫张兴叔，经常到杭城嫂嫂处游玩。此人脸色红黑，穿件褪色长衫，又是大脚疯，每天游手好闲，肚才里外不通，整天水烟呼呼，横湖街上闲逛，但由于沾哥嫂之光，旁人也只能起敬三分，奉承夸奖。

　　有一次到杭州嫂嫂处去玩，正巧杭州府衙的府台御史五十岁得子办满月酒，来贴邀请大阿娘去吃酒，大阿娘推说没有空，特邀阿叔张兴叔去代理。张兴叔没有见过世面，到府台去饮酒未免有些胆战，大阿娘看出了叔叔的心意，就鼓励他说："叫你去吃酒，只要吃得下就吃，不要多说话，府台如果问你，你只要说不知道，不清楚就是。"

　　张兴叔记住嫂嫂的话，拿着名片，坐轿而去。府台御史见大阿娘的阿叔前来做客，百般恩谢奉承，热情接待，府台御史陪同坐上位就席，其他陪客聊天说地，有说有笑，好不热闹，独有张兴叔一声不响坐着饮酒吃菜。看人家谈笑风生，那个高兴劲儿，而张兴叔有时话到喉咙，想到嫂嫂的嘱咐，话语又咽了回去，这样吃着吃着，酒席一半多下肚，府台随口问起："你位大阿娘的阿叔,你是哪里人啊?"

张兴叔说:"我是余杭横湖人。"

府台又问:"你们那里今年年水好吧?"

张兴叔说:"今年年水还好。"

府台又问:"你们那里现在太平吧?"

张兴叔说:"我们横湖到还太平。'三十六村'太公庙听说经常有强盗抢。"

府台喔一声,接着待饮酒,这样吃了两个多钟头,宴毕,张兴叔坐着轿子,由用人点燃灯笼,熏醉而归。

当张兴叔一呼到五更时分,醉意转醒,大阿娘还在等着问话。

"兴叔,昨天府台的满月酒客气吧?"

兴叔说:"喔!府台昨夜的满月酒真客气,我还是头一次。"

"府台与你谈天吗?"大阿娘问。

兴叔说:"没有谈什么,只是问我是哪里人,我说是余杭横湖人;你们那里年水还好吧?我说年水还好;你们哪里大平吧?我说我们横湖还好,'三十六村'经常有强盗抢,其他什么也没有讲。"

张兴叔好像竹筒子倒豆,一股脑儿丢了个底。大阿娘心想:你讲者无心,听者有意。昨晚府台这两句问话,非同小可,事情必定闹大,立即叫差人传令,要府台速来授令。

府台接令速到大阿娘跟前,行礼报到。

大阿娘问府台:"昨晚有何动静吗?"

府台说:"昨晚酒后,我已采取行动,余杭县长谎报灾荒,将他革职回乡;三十六村强盗掳抢,我已派五万兵马前往镇压。"

大阿娘一听不得了,余杭县长革职回乡,三十六村百姓遭殃。一肚的气,当即告诉府台:你也太火速了,我阿叔的话不可听,他在横湖"两耳不闻窗外事,两眼不识天上云",他说年水还好,就是横湖大桥边几亩吃着大姬水的田,稻苗生长还好,其他的山拢田长期干旱根本颗粒无收,三十六村根本不是强盗掳枪,就是天旱拢田为了放水,群众有所相争……

　　"好!好!好!兵马立即收回,余杭县长官复原职。"大阿娘这么一说,府台当然句句照办。坐在旁边的兴叔听了目瞪口呆,心想,讲话不小心,闯下大祸。"咳!"兴叔后悔莫及。

王蟒枪鸽

    黄湖镇青山村石扶梯自然风景区中有座山岭形似一条王蟒蛇,它从高山游向山脚,头在山涧的上方。在石扶梯自然村中至今还流传着"王蟒枪鸽"("枪"是吃的意思,当地人为了讲故事起见把吃改成枪,即枪杀)的故事。

    话说清代沈府是黄湖里三村的一大富豪,楼宇庞大,门墙高筑。家有山地千亩,水田数百亩,用人七八个,长工数十名。沈老爷及夫人出门不是马队便是轿队,前呼后拥,煞是威风,他倚仗财势为非作歹,经常欺压穷人。百姓敬而远之,以防遭祸。

    沈府虽然富得流油,却经常遭官府敲诈,无奈沈家历代无人为官,沈老爷深感遗憾。沈老爷闲时常常在想:我沈家财运可以,怎么就没有官运呢,是否我家祖坟缺此风水呢?于是沈老爷委派家丁四处寻访,请个高明风水先生,择个风水宝地,扭转无人做官的局面。

    沈府家丁四处活动,功夫不负有心人,三个月后,终于在峨眉山寻访到一位资深道人。此人姓张,四十上下,眉清目秀,一表人才。沈府家丁经路人指点,携厚礼拜望,言明来意。张先生欣然应允,将一些薄产托付给乡邻,跟随沈府家丁来到里三村。

是日，沈府设宴款待接风。席间，沈老爷述说请求："恳请先生神机妙算，施展才华，为沈府寻觅一处风水宝地，保我沈家财运连绵、官运亨通，事成后我们决不亏待你。"此时，张先生细观沈老爷：胖如肥猪，光脑袋，塌鼻子，宽嘴巴，小耳朵，且有一副禄相，倒也很积财。这时沈夫人迈着三寸金莲，来到张先生眼前，殷勤地敬上一杯酒说："只要先生能为沈府效力，你就永远住在我家享受清福吧！"张先生见夫人艳丽动人，连忙附和着说："鄙人不才，承蒙爱戴，愿效犬马之劳。"席散，众人安息。

张先生从此就在沈家住下，他天天出门，跋山涉水，观山势，察溪流，十分卖力。

有一天，张先生来到石扶梯的地方，观其山势形如一条蟒蛇，对面山上有一巨石像一只鸽子，这叫"王蟒应鸽"，是极佳的通官宝地。他兴奋不已，立即翻开随身携带的宝卷《奇门遁甲》，与此山脉仔细对比，不寒而栗。因书中详载此山脉造坟，谋者损目。他沉思良久，觉得还是不宣为好。

第二天中午，沈老爷又设酒席招待张先生。席间沈老爷信誓旦旦地对张先生说："只要你给我家找到风水宝地，我就给你造房、娶妻，养你一生。"张先生见沈老爷说得十分诚恳，又多喝了几杯酒，他忍不住就向沈老爷说了在石扶梯中的王蟒山脚找到一处"王蟒应鸽"的通官宝地；同时还讲明谋者的利弊等情况。沈老爷听后喜出望外，起身离开酒席，恭恭敬敬地向张先生施了一个福，又激动地说："张先生，你真是我家的大恩人啊！我明天就给你安排造房等事项，明年给你娶妻，养你一生。"

沈府在张先生的指点下，在"蟒蛇头"上造了一座考究的坟墓，择日将沈府祖先的灵柩移入墓中。下葬这天，张先生全身发

烧,不久两眼就失明了。

三年后,沈府门庭若市,不但家业十分兴旺,而且儿子也中了进士,做了县官。

可是沈府没有为张先生造房娶亲,沈老爷再也不理会他,不像以往那样热情款待,而是给他吃粗茶、冷饭、剩菜、剩汤。他再也按捺不住心中的愤恨,决心要报复沈家:"想我张某既能让你走运,也能叫你倒运。"

有一天,张先生心生一计,假装积极为沈府谋取更大的官运,对沈老爷说:"你们家想不想做京官,想做京官,只要在祖坟前左右各挖一个如井口那么大的坑,见水就行;再在石鸽背上钻三寸深的洞,插上红布;这井水照京城,红布招京官,不出两年,连升三级,你儿子定能被皇帝召去做京官。"由于前事已见成效,沈老爷经不住儿子当京官的诱惑,听了张先生的一席话,深信不疑。沈老爷马上就派人照张先生吩咐做好这两件事。其实,张先生设下了陷阱:蟒蛇的眼睛亮了,游向前方将鸽子咬死,鸽子身上"钻洞插红",就是鸽伤,出血死了。好一处"王蟒应鸽",成了"王蟒枪鸽",风水破了。

事后,张先生的双目复明了,不辞而别,云游四方看风水去了。

沈府的风水被破后,家境日衰,不久做县官的儿子因赈灾贪污,被削职查办。沈府末代子孙沈宗连,是本地的一个恶霸地主,解放初被我人民政府镇压。当年人丁兴旺、拥有百万家产、官运亨通的沈家大院,如今断宗绝代。

两个土地公公

　　土地菩萨,民间喜称土地公公。江浙一带最信奉土地公公,这缘起于南宋高宗皇帝。史载,北宋定都河南开封,由于朝廷腐败,国力衰弱,被金兵攻入三关,危及京城,九殿下赵构(小康王)被迫入金为人质,不久京城沦陷。1127年春,金兀术起五十万人马南下,九殿下赵构入金后,被金兀术收为义子,跟金兀术住在金营,由神鸟引路,在夹江泥马渡江(民间称"泥马渡康王"),救走小康王。不久小康王在金陵(今南京)称帝,庙号高宗,接着迁都临安(今杭州)。

　　高宗皇帝迁都到临安后,第一件大事,就是下旨给各地方官员:每个城镇必须建起一座土地庙,塑好土地公公、土地婆婆,以及衙役等佛像,并册封土地菩萨为梵宫大明王,以此来报答土地菩萨的救命之恩。因此,江浙一带的城镇都有土地庙,大小村庄都有土地菩萨;黄湖镇也不例外,大的有土地庙,小的有土地公公。同时,还流传着一个令人深思的故事。

　　从前,黄湖东坞一带有东西两个村庄,称东林东一庄、东林东二庄,村里各供奉着一个土地公公,东村的土地公公香火兴旺,门庭若市,供品不断;西村的土地公公门庭冷落,供奉全无。

有一天两位土地公公在路上碰见了,西村的土地公公对东村的土地公公说:"你真好运气,一年四季有人来孝敬你,有吃不完的供品。我住在西村一年到头亦难吃上一次。"

东村的土地公公听后,觉得西村土地公公实在可怜,于是就说,"那我与你调换一下吧,让你也来享受享受。"两位土地公公说着就调换了村庄。

这天,西村的土地公公高高兴兴地坐在东村土地公公的座位上。一个种田的壮汉来到座前向土地公公求道:"土地爷爷,我今年刚种好数十亩青苗田,想使秧苗早点活,我求你常给我下些细雨,等秋收后,我定来谢你。"说完他走了。

种田的壮汉走后,又来了一人,他向土地公公求道:"土地菩萨,我买了很多鲜黄鱼,要晒咸鲞天天需要太阳,如果我能及时晒干咸鲞,我定来谢你。"说完走了。过了不久,又来了一人,他跪在座前道:"菩萨保佑我今年的六月梨头丰收,现在正是快要成熟的时间,请不要刮风,到时我会来谢你的。"他刚走,又从武康县赶来一个人跪在台前求道:"我的船正要起航,菩萨你要保佑我,一路给我刮些风,使船一路顺风,等我回来后,再来谢你。"

西村的土地公公听完四人的祈求,感到有些为难,他们所求的在同一时间里,全是相反的,叫我怎么处理? 于是就跑到西村,告诉东村的土地公公,东村的土地公公一听笑哈哈地说:"这事不难呀,你只要奏明玉帝四句话——'日晒黄鱼鲞,夜行青苗田,风从江中刮,不要入梨园'——不就解决了吗? 当他们的愿望都得到之后,他们自然会来供奉你的。"

西村的土地公公听后,觉得自己的处事能力不如东村土地公公。从此,西村的土地公公再也不提供奉的事了。

麻子菩萨与老虎山

很久以前,黄湖街上来了个满脸麻子的草头郎中,他医术高超,颇得当地百姓的爱戴。因为不知道他叫什么？大家都叫他"麻子郎中"。

那日,麻子郎中到山上采草药,刚爬到山顶,就听到一阵低沉的吼声,走近一看,吓了一大跳,竟是一只斑斓猛虎,被铁夹子夹牢了,那猛虎抬着头龇着牙,一副可怜巴巴的样子。麻子郎中心善,又不敢走近,就对老虎说:"老虎呀老虎,我来救你,帮你治伤,但你要保证不咬我,如果能答应,你就点点头。"话音刚落,奇怪的事发生了,那老虎竟然真的点了点头。麻子郎中放心了,他壮着胆子靠近老虎,扳开铁夹子,还拿出草药敷在老虎的伤腿上。待包扎完毕,麻子郎中轻轻地拍了下老虎的脑袋说:"老虎呀老虎,你的伤至少要一个月才能好,看到人躲远点,等伤好了,就离开这里。千万别伤人命呀!"那老虎满脸感激,站起身一瘸一拐地钻进丛林不见了。

当天傍晚,麻子郎中刚到家不久,就听到阿三在嚷嚷:"怪了,今天我的夹子明明夹到猎物了,可啥也没有,肯定是被人偷了。"

阿三是麻子郎中的邻居,他是个孝子,因为母亲长年瘫痪在

床,阿三一直没娶老婆,专心侍奉娘亲,平时靠上山采些草药放些夹子套猎物维持生计。麻子郎中见他家可怜,平时都会接济他们。眼下自己放了阿三的猎物,心里倒有些过意不去,便拿了些散碎银两给阿三送去。

麻子郎中告诉阿三,是自己放跑了猎物,特地送些银两作为赔偿。阿三虽然心中有些不痛快,但碍于面子,这事也就这么算了。

转眼过了一个月,那日麻子郎中正在着碾药,几个村民抬着一个奄奄一息的病人冲进了医馆,一问才知道,这病人也是个猎户,平时在山上放夹子,今天不知怎么摔下了悬崖,被人发现后才抬来的。经过救治,病人缓缓苏醒,他告诉麻子郎中,自己是碰到老虎了,才慌不择路掉下悬崖的。其他人根本不信他的话,这山上怎么会有老虎呢?唯有麻子郎中心里"咯噔"了下:那老虎不会是自己救的那只吧?它答应过自己,不再伤人的,怎么出尔反尔了呢?

麻子郎中坐不住了,他背上药篓上了山,要找老虎问过明白。可在山上逛了一大圈,连根虎毛都没看到。就在他垂头丧气时,半山腰传来了熟悉的救命声,赶过去一看,只见自己救下的那只老虎正张着血盆大口要扑向阿三。情急之下,麻子郎中一声喊:"住口!"奇了,那老虎听到了麻子郎中的声音,竟然稳住了身子,脾气也温顺了下来。麻子郎中知道老虎认出了自己,胆子也壮了,说:"老虎呀!我让你伤好后见到人躲远点,离开这里,别伤人,你怎么不讲信用呢?"

那老虎听了这话,低吼了声,看了看惊慌失措的阿三,一副心有不甘的样子钻进了丛林,消失了。

麻子郎中在老虎口中救了阿三,消息一传出,人们才相信山上真的有老虎。也就是那天晚上,麻子菩萨做了个梦,他梦见老虎来到他的床前说:"恩人呀!你救了我,我自然不会伤你,但那些猎户天天给我下套,我就算走到天边,也会遭他们毒手,所以,我要将这些猎户全咬死,然后离开这里。"说完,那老虎"嗖"一下不见了。

麻子郎中猛地惊醒,他吓出了一身冷汗。第二天一早,刚开门,就见街上来了不少人,一打听才知道,这些人都是周边的猎户,他们听到山上有老虎的消息,都赶来抓老虎了。这可急坏了麻子郎中。这老虎有这么好抓吗?他忙不迭地上前阻拦,告诉大家说老虎给自己托梦了,说要将猎户都咬死,大家千万别上山惹老虎。这话谁会信呢?那些猎户都认为他是胡说八道,根本没人理他。也就是从那一天开始,山上布满了铁夹子和陷阱,老虎没逮到,人却误伤了好几个。

终于有一天,老虎出现了,它没被铁夹子夹住,也没掉进陷阱,而是神出鬼没地到处伤人。有句老话说得好,老虎不发威,被人当病猫。如今发威了,也就成了真正的百兽之王了,当地村民和猎户防不胜防,整日提心吊胆,惶惶不可终日。

一只老虎扰得鸡犬不宁,县衙派官兵去捉老虎,也一无所获。麻子郎中知道事情闹大了,为了防止村民被虎咬,他关了诊所,每天站在村口护送来往行人,因为他知道,只要自己陪同,老虎是不会出来伤人的。可长此以往也不是个办法,自己就一个人,怎么忙得过来呢?无可奈何之中,麻子郎中去找街上的张半仙想办法。张半仙掐指算了半天摇着头说:"郎中呀!办法不是没有,不知道你愿意不愿意?"

"张半仙，这要能还村民安稳的日子，要我的命也愿意。"

张半仙一拍桌子站了起来："好，你可不能反悔！"

"君子一言，驷马难追。"

张半仙见郎中主意已定，当即要了他的生辰八字，写在纸上后去找乡保，说麻子郎中是老虎的克星，只有将麻子郎中塑成菩萨立于山下，那老虎就不敢下山了。

乡保正为老虎的事愁得茶饭不思，现在有人想出办法了，自然要试一下，当即招来人手，到山脚下按麻子郎中的样子塑菩萨。张半仙也没闲着，在塑菩萨的时候，将写有麻子郎中生辰八字的纸条塞进了菩萨的肚里。菩萨塑好的当天，村里人敲锣打鼓地去请麻子郎中来剪彩。没想到，麻子郎中竟然直挺挺地躺在家中去世了，脸上还满是笑容。

说也奇怪，村口自从有了这菩萨后，老虎再也没来扰过村民，后来那老虎也不见了，那座曾经出过老虎的山，被人称为了"老虎山"。

麻子郎中被塑成菩萨后，阿三念着郎中活着时对他母子的好，就背着母亲去朝拜。她母亲拜完后，突然觉得身子轻松了不少，回到家后，竟然能下床走路了，这下好了，大家都知道菩萨生前是郎中，有病的人都乞求菩萨给自己治病，一时间香火鼎盛。因为这菩萨是人活着的时候塑的，也没给起名字，当地村民就称他为"麻子菩萨"。

疯和尚与小岭古道

黄湖镇赐壁村的小岭古道,虽然不是穿梭在崇山峻岭之间,也是名副其实的小岭,只有十余米高,但古道历史悠久,有关它的由来更是充满传奇。

很早以前,赐壁村来了个疯疯癫癫的野和尚,拄根铁拐,腰上还别着一个酒葫芦,走路一瘸一拐的,自称是铁拐李转世。他白天去黄湖镇上化缘,晚上喝得醉醺醺的,哼着小曲,跌跌撞撞地走回小岭上的破庙过夜。

富贵人家嫌他肮脏,做法事超度亡灵从不请他。穷人家里办丧事,他是不请自来,念起佛经一本正经,倒有几分得道高僧的风范。可做完法事,他又跟人喝酒吃肉,谈笑逗乐无拘无束,哪有半点和尚的规矩。

有一回,疯和尚去黄湖镇街上化缘,恰好碰上有个叫李虎的恶霸当众强抢一个叫百灵的卖唱姑娘,围观的人都敢怒而不敢言。姑娘的父亲刘老汉跪求李虎放他们夫妇一马,因为他们还要拿卖唱的铜钱去给孩子她娘抓药治病。

李虎哈哈大笑道:"只要你漂亮女儿跟我回家洞房花烛,心甘情愿当我的八姨太,那你老婆就是我丈母娘,治病的事就不在

214

话下了。"

百灵姑娘又羞又气，说李虎又老又丑，她宁可去死也不会嫁给他。李虎丢了面子，不禁恼羞成怒，一脚将刘老汉踢翻在地，接着又踩住他的胸口，威逼百灵姑娘改变主意，马上从了他。

没想到百灵姑娘是个烈性子，一点没有被李虎的淫威吓倒，只见她扑上李虎，抱住他踩在父亲胸口的大腿狠狠咬了一口，痛得李虎哇哇大叫。

围观的人都忍不住哄笑起来，李虎怒从心中起，恶向胆边生，一把勒住百灵姑娘纤细的脖颈，将她双脚提空，恶狠狠道："你咬老子一口，如果还不从了老子，我就送你父女上西天。"

刘老汉拼了老命扑向去救女儿，却被李虎手下的一混混拦住，还打了他几个大耳光，刘老汉气得仰天大喊："你们目无王法，一定没有好下场！"

眼看百灵姑娘被勒得眼珠翻白，双脚空蹬，马上就要背过气去。忽然，李虎发出了一声惊叫，松开了双手，一根铁拐从天而降，及时托住了仰天倒地的百灵姑娘。

大伙一瞧，原来是疯和尚挺身而出，打抱不平来了。李虎摸着断了骨头的右臂，咬牙切齿道："不知死活的疯和尚，竟敢坏老子好事，兄弟们给我狠狠地打，往死里招呼！"

李虎一声令下，手下混混立即操起棍棒向疯和尚劈头盖脸招呼过来。这疯和尚嘻嘻一笑，右手铁拐依然托住悠悠醒转的百灵姑娘，左手当胸，念念有词："打我就是打你自己，打我就是打你自己……"

还真是奇怪了，那些混混的棍棒明明打在了疯和尚身上，叫痛的却是恶霸李虎，只见他一会儿抱头，一会儿跳脚，最后竟倒

在地上大喊："别打了,你们别打了,痛死老子了。"

人们这才知道,这疯和尚八成会法术,把身上受到的棍棒痛击全转到李虎身上去了。李虎见势不妙,赶紧让混混们扶他回家,不想疯和尚却把铁拐一横,拦住了他的去路。

李虎心惊胆战道："大师,您就把小的当个屁放了吧!"

疯和尚嘿嘿一笑,说："刚才你让你的狗腿子打了贫僧九九八十一棍,贫僧收你八十一两银子不多吧?"

李虎早已被疯和尚的法术吓破了胆,赶紧掏出一张一百两的银票,说不用找了,然后在混混们的扶持下,逃之夭夭。

疯和尚接过银票,却没收入自己腰包,而是递给了刘老汉和百灵姑娘,让她赶紧去药房给母亲抓药。

疯和尚用法术制服李虎的消息不胫而走,很快传遍了十里八乡。那些有钱人家再也不敢嫌弃疯和尚了,重金请他去做法事,帮他们驱凶避邪,还帮他们解除无后为大之忧。

有个三代单传的大财主,讨了十几个小老婆,可就是没生出个儿子来。他出重金把疯和尚请去,疯和尚让他出钱修桥铺路,开仓放粮,救济贫民。可好事做了一箩筐,那些妻妾仍然没给他生出个儿子来。

别人都说他上了疯和尚的当,疯和尚却让他再坚持几年,直到觉得不做好事心里就不痛快,那他的儿子就来与他会面了。

这叫杨树林的大财主还真信了,成天想着积德行善,不求别的,就求有个儿子给他传宗接代。

两年后的初夏,江南一带连下暴雨,黄湖水位也超出了警戒线。幸好这天老天开眼,终于放晴了。大伙都松了口气,疯和尚却发起了酒疯,四处奔跑让大伙天黑之前务必去小岭茅屋庙避

难,说这晚必有天灾。

大伙相信疯和尚是有点法术,不然也不能把李虎这样的大恶霸治得服服帖帖,可是后来他收富人家的重金,却没办成几样事,特别是杨树林,都被他调教成黄湖首善了,还是没生出儿子来。这会儿又胡说什么"今晚必有天灾",这天都放晴了,难道还会来个白娘子"水漫金山寺"?加上他是喝醉酒,酒气熏天地说出这样的话,所以谁也没把他的胡言乱语当真。

眼看就要天黑了,大伙忽然听说疯和尚真的发疯了,竟然抢了杨树林即将出嫁的女儿去了小岭茅屋庙,欲图不轨。

杨树林和亲家都气愤不已,放出话来,无论谁去小岭茅屋庙替他讨公道,哪怕骂上疯和尚两句,他们都赏二两银子。

骂人都有银子赚,这样的好事谁会错过。十里八乡的人都涌上了小岭茅屋庙。可笑的是,那疯和尚却坐在茅屋庙顶上,让杨家大小姐给他唱歌。

大伙都指着疯和尚怒骂,让他赶紧把杨大小姐放了,大家便既往不咎,放他一条生路。可是疯和尚只顾喝酒听歌,根本不搭理他们。

双方僵持了一个多时辰,正当大伙沉不住气,大喊要放火烧了茅屋庙时,天上突然电闪雷鸣,接着便下起了瓢泼大雨,大伙赶紧冲进茅屋庙避雨。奇怪的是,看上去两丈通方的茅屋庙竟容得下几千人。大伙又开始相信疯和尚的法术了,可疯和尚把杨大小姐送下房顶,就不知去哪里了。

这场大雨下了整整一夜,第二天天亮时,大伙走出茅屋庙一瞧,黄湖镇周围的村庄已成一片汪洋,许多房屋都倒塌了。要不是疯和尚不惜背上强抢富家千金的骂名和杨树林一唱一和把大伙骗到小岭茅屋庙,好多人都会被洪水淹死。大伙都想对疯和尚道声谢,可杨树林告诉大家,疯和尚泄露天机,已经找地方避难去了,但愿有一天他能重回小岭茅屋庙。

　　疯和尚走后就没有回来。杨树林倒生了五个儿子。他一高兴,就出钱把小岭茅屋庙修成青砖瓦房庙,还供奉了疯和尚的佛像。黄湖镇十里八乡的村民感恩疯和尚,出钱出力一起修了条直达小庙的古道,也就是小岭古道。逢年过节,大伙都会沿着古道去寺庙拜谢疯和尚,希望他早日回来,继续保佑大家。

树岭古道抗倭寇

赐璧村的树岭古道据说和抗倭名将戚继光有关。明朝时候，倭寇不但侵入福建、浙江沿海，还深入杭州、徽州一带烧杀抢掠，无恶不作。老百姓恨之入骨。

朝廷年年派兵抗倭，但这些倭寇狡猾得很，白天躲在隐蔽的巢穴睡大觉，夜深人静才出来杀人放火，抢劫财物，回去之后大口喝酒、大块吃肉，寻欢作乐。他们根本不把明朝的军队放在眼里，有时候还来个夜里偷袭，直把毫无防范的民军杀得人仰马翻，血流成河。

这年秋天，一支抗倭部队来到了瓶窑一带，他们看上去训练有素，没像其他抗倭部队一样把营寨安扎在一览无余的空旷之地，而是分出一个小队来到了赐璧，把营寨安扎在树岭脚下一处隐蔽的山坞里，然后派出暗探，四处找寻倭寇的巢穴。

可是找来找去，暗探们一直没有发现倭寇的巢穴，却带回了倭寇在几个小镇烧杀抢掠的消息。

敌暗我明，倭寇也学会了声东击西，等明军得到消息赶过去，他们早已满载而归，回到隐蔽的巢穴喝起了庆功酒。如果谁在他们酒醉睡成死猪样的时候，杀进贼巢穴，定能不费吹灰之

力,杀他们个干干净净。

年轻的抗倭将领心急如焚,顶头上司让他马上把营寨安扎到集镇上,减轻那里居民的压力,但他继续增派暗探,四下找寻倭寇的踪迹。

可是又过去了半个月,倭寇接连夜袭了几个富裕的镇子,杀了好多人,掠夺了无数财物。等年轻的抗倭将领带兵赶到,倭寇们早已销声匿迹。

上司下了死命令,如果再不把营寨安扎到指定地点,就要军法从事。年轻将领无可奈何,正准备把营寨安扎到人口密集的大镇上时,一位叫刘老顺的采药人一瘸一拐地赶来报告,说他昨天去树岭后山采药时,发现了倭寇的秘密巢穴。

说来也是老天有眼,这刘老顺昨天去树岭峰顶采药时,不小心摔了一脚,翻滚到陡坡下,脑袋又撞到树干上,当场昏迷过去。等他苏醒过来已经后半夜了,抬头望望满天星斗,暗叹菩萨保佑,留了他一条小命。

正当他要爬上陡坡,想找个平坦的地方睡上一觉时,忽然看见山下有人马打着火把,呜里哇啦地进了茂密的树林,不一会儿便无声无息了。

刘老顺在树岭采药几十年,还从来没见过不说人话的鬼,他断定这帮家伙便是该死的倭寇。想到驻扎在村里的抗倭部队正在苦苦寻找倭寇的踪迹,便忍着疼痛,连夜翻山越岭赶回家来,可因为腿脚受伤,到太阳都升半天了,才赶回村子,顾不上回家就来向年轻的将军报信了。

真是踏破铁鞋无觅处,得来全不费工夫。年轻的将领听过刘老顺所描述的场景,基本断定那队夜入密林的人马便是自己要找的倭寇。他立即叫来军医给刘老顺治伤，让他先不要把发现倭寇的消息说出去。

当天下午，年轻将领奉上司之命，把营寨安扎到二十里外的集镇上。乡亲们都叹息说，这是要重蹈覆辙，走以前屡战屡败抗倭部队的老路呀！

果然不出所料，就在年轻将领把营寨安扎到集镇的当天晚上，由小野次郎率领的数百倭寇，从隐秘据点倾巢而出，趁明军落脚未稳，发动忽然袭击，给他们一个下马威。虽然年轻将领早有防备，但还是死伤无数，损失惨重。

可年轻将领并不气馁，他派出心腹将士，扶着腿伤尚未痊愈的刘老顺，在树岭后山找到了倭寇的隐蔽据点。

原来狡猾的倭寇竟把巢穴建在树岭后山断崖下，前面都是茂密的树林时，年轻将领觉得正面攻击肯定无法将倭寇一网打尽，只有从背后忽然袭击，才能将这帮作恶多端的家伙一锅端，一雪上回遭袭之耻。

于是，年轻将领亲自察看地形，画了一条线路图，让心腹将士们抓紧劈开一条山道，直通倭寇巢穴。

半个月后的一天凌晨，年轻将领带领部队从树岭新开的山道下到后山。果然不出所料，头天晚上在邻镇烧杀掠夺满载而归的小野次郎，和手下喝酒吃肉，狂欢到下半夜，这时候一个个在营帐内睡得像死猪似的。

几个站岗放哨的倭寇被年轻将领和心腹手下解决后，其余那些从睡梦中惊醒的倭寇也相继成了明军将士的刀下亡魂。

睡在主帅营帐内的小野次郎从噩梦中惊醒，看见一队明军将士已将他的营帐围得水泄不通，不禁大惊失色。但困兽犹斗，

凶悍的小野次郎挥起随身佩带的倭刀，怒吼着砍伤了好几名明军将士。

年轻的明军将领勃然大怒，亲自挥剑迎战负隅顽抗的小野次朗，两人激战三十多个回合，年轻将领卖了个破绽，绕到对方身后，一剑劈下了小野次郎的狗头，为上次被他偷袭身亡的将士报了大仇。

这次树岭之战取得了前所未有的辉煌战绩。年轻将领名气大震，不但得到上司提拔，还获得丰厚奖赏。但他却把这些奖赏送给了刘老顺和那些被倭寇祸害过的幸存者。他便是后来大名鼎鼎的抗倭英雄戚继光，而他在树岭开辟的山道也成了树林古道的雏形。

中共黄湖地区地下党简史

1937年7月7日,日本帝国主义发动卢沟桥事变,全民族抗日战争爆发。8月13日,日军大举进攻上海,中国军民奋起抵抗。8月14日,13架日机轰炸钱江大桥和笕桥机场。14日至16日,中日空军连续进行空战,中方共计击落日机二十余架。10月14日,日军军舰进入杭州湾。11月5日晨,日军在杭州湾金山卫至全公亭之间强行登陆。12月中旬,日军分别从京杭国道与沪杭铁路进逼杭州。

12月23日早上六时半,国民党军第十九师某团第三营九连(七连于下午3时半到达)在黄湖木鱼岭伏击进犯的日军,毙敌百余名。23日晚,日军侵占余杭,24日,日军侵入杭州。从此,杭县及余杭县境大部沦陷。两县县府迁至余杭县安合乡(现鸬鸟镇太平)太公堂;杭州市政府也同时迁往。

日本侵略者对余杭人民犯下了滔天罪行,欠下了无数血债。日军在两县境内驻军千余,分驻余杭县城在城镇(现余杭镇)、塘栖、临平、瓶窑、彭公等二十余处,各处都筑碉堡、建竹篱、设木城、挖交通壕、置铁丝网。临平镇当时只有几千人口,而日军筑有碉堡九座。以后,又有汪精卫伪军1800人进驻县境,两县

伪政权组建四百余人的保安大队,余杭人民遭受残酷压迫。日本侵略军杀人放火,奸淫掳掠,无恶不作。黄湖在1937年12月23日早晨6时,自孙家门口村、上街村、街道(包括车站村),到下街沿路两侧,前后相距十里之地,已是一片火海。当时烧毁瓦房五百余间、草房129间,整个黄湖街所剩无几,躲避不及的百姓被杀逾百人。瓶窑镇上,日军接连放火烧房,一天一夜,火光冲天,窑山通红,整个瓶窑镇化为灰烬,只留下被日寇占用的七八间住房。在城镇的宝塔山下,尸横遍野。1938年2月18日,日军在乔司先后屠杀无辜百姓一千三百余人,烧毁房屋两千余间,乔司镇顿成废墟(事后人们收拾尸骨,整整填满了一池塘,1941年于此建"戊寅公墓",俗称"千人坑")。

在中国共产党的倡议和推动下,以国共两党合作为基础的广泛的抗日民族统一战线形成。1937年12月上旬,黄绍竑再度出任浙江省政府主席。在黄绍竑就任前夕,中共领导人周恩来同他在太原、汉口会谈,希望他站在坚持团结抗战的立场上,大力支持浙江的抗战青年和文化运动。黄绍竑来浙江后,我党组织派代表与国民党当局协商会谈,推动抗日救亡运动。1938年1月,黄绍竑接受中共党员建议,浙江省第一个政工队——兰溪县战时政治工作队成立。7月,余杭县、杭县相继成立政工队。9月,全省各地普遍建立了政工队,省、区、县三级均有。中共浙江省委(1938年5月建立)利用这一合法组织,派了大量的党员和骨干参加政工队,有的担任领导工作,政工队成为省内以抗日救亡为使命的进步的群众工作队。到1939年底,全省共有75个县政工队,三个区政工队,五个省政工队,参加队员三千余人。

政工队中的中共特别支部

 1938年底,省政工队一大队三分队,从永康来到余(杭)临(安)德(清)边区开展活动。1939年春,改由第二大队一中队进驻余杭县安合乡祝家湾。一中队有三十多名政工队员,建有党的特别支部,隶属中共浙西特委(1939年2月建立,书记顾玉良)领导,共有党员二十四名,特支书记于以定。中队辖四个分队,第一分队活动于临安横畈一带,第二分队活动于德清县杨坟和杭县上纤埠等地,第三分队活动于安合乡祝家湾一带,独立分队活动于黄湖、双溪等地。一中队来到这些地区后,深入发动群众,宣传抗日救国,传播战斗胜利消息,讲解团结就是力量,鼓励群众的抗日信心和决心,还组织知识青年办壁报,办识字班。在青年和学生中普遍教唱《渔光曲》《松花江上》《大刀进行曲》等抗日救亡歌曲。在街头演出短小精悍的话剧《放下你的鞭子》。在墙上写"地不分东西南北、人不分男女老少,抗日救国,人人有责""日寇必败,我军必胜""军民一致把鬼子赶出去"等富有鼓动性的抗日标语。群众很快地得到发动,迅速组织起"中华抗日民族先锋队""读书会""青年救国会""农民协会""妇女救国会"等抗日救亡组织,开展了多种形式的抗日救亡活动。政工队内的地下党员曹大钧(陈浩天)、贝纹(徐珍)在黄湖独山桥、白塔畈等处举办的读书会,吸引很多青年。浙西二中学生俞大长(黄湖独山桥人,放寒假在家)在徐珍启发教育下,回到学校写了抨击国民党当局的《尾巴主义》一文,震动了全校。在祝家湾组织的"失学青年补习班",由队长洪流出面主办,陈真(女)负责主持,曹大钧等也来讲课。政工队还组织了一次"抗日救国演讲会",扩大抗日宣传,演讲的主题是团结一致共同抗日,又宣传"平型关大捷""台儿庄血战"胜利的意义。

省政工队二大队一中队的中共特别支部,通过上述抗日救亡活动,培养积极分子,秘密发展党员。1939年5月,徐珍、吴智茵介绍张毅(原名张招仙,学名张美月,1939年春参加了政工队)、俞大长入党,曹大钧在黄湖介绍张季伦入党,金昔明在祝家湾发展邹求真、潘国瑞入党。7月,陈尔久在横畈、潘村等地发展胡雄、朱金仁入党。先后共发展党员二十多名。7月,多数省政工队员从黄湖转移至武康、德清,特支留下支委曹大钧负责临余地区党的工作,曹大钧驻黄湖。

8月,祝家湾支部成立,邹求真任书记,共有党员七名;不久黄湖党支部成立,俞大长任书记。后来,祝家湾支部成立向特支要求回双溪,利用人地熟悉的有利条件,开展活动。到1939年年底,二大队一中队的特别支部,已辖有两个支部和一个小组,共有党员六十二名。

同年,中共浙江省委统战部副部长吴毓派党员吴忠义来双溪竹山林阿英家,以做长工工作掩护进行革命活动,先后在竹山、白塔畈发展了一批党员,年底建立中共竹山支部,书记吴忠义。

1939年冬,国民党顽固派发动了抗日战争期间的第一次反共高潮。国民党浙西行署主任贺扬灵和省党部书记长方青儒,为配合这一次反共高潮,企图把政工队员全部调到天目山集训,加强对政工队的控制,以排斥共产党人。当年年底,因曹大钧去参加集训,中共浙西特委派当时在安吉工作的刘吟(罗希明,江西永新人,1932年3月参加红军)到余杭黄湖,接收省政工队特

别支部移交的地方党组织工作,抓好临(安)余(杭)地区工作。刘吟到黄湖接收这一地区党的关系,在黄湖,地下党员张毅里,曹大钧与刘吟办了交接手续。刘吟又和竹山党支书记吴忠义接上了组织关系。

中共临余工委的建立

1940年1月,浙西特委根据党组织的发展和党员分布情况,决定在双溪镇召开会议,成立中共临(安)余(杭)工作委员会,刘吟任书记,驻黄湖;委员有潘国瑞、陈曼华、张季伦、邹求真。后邹求真调离,增补陈笑迈为委员。工委下辖四个支部和一个小组,共有党员三十八名。双溪支部,书记邹求真,后潘国瑞;黄湖支部,书记俞大长;钱家滩支部,书记徐金财;潘村支部,书记胡雄;千岱坑小组,组长张毅。临余工委成立后,按照浙西特委指示,继续贯彻"发展进步势力,争取中间势力,孤立顽固势力"的方针,继续以组织读书会和散发传单等方式,宣传抗日救国十大纲领,领导群众开展抗日救亡活动。在活动中健全党的组织,壮大党的力量。在有利于抗日的原则下,也组织农民进行减租减息、保蚕保粮的活动,以解决农民的生活困难。同时,也对国民党内的中间势力进行争取工作。驻长乐冷水桥的国民党区长朱思洪(朱思宏),思想比较开明,对共产党表示同情,开给空白通行证,为地下党开展活动提供了方便。

黄湖中心区委的建立和活动

1940年5月,中共浙西特委调刘吟去吴兴工作,由方堃塑(化名冯幼平)来黄湖接任。他们在黄湖张浩天家里办理党组织关系的交接手续。6月,根据特委指示,临余工委改建为黄湖中心区委,充实调整了领导班子。区委由五人组成:书记冯幼平,委员潘国瑞(组织)、孙良朴(宣传)、罗锦江(青年)、金秀林(交通)。中心区委成立后,以组织农民协会为名,进行党组织的整顿和发展;同时通过合法手续给每个党员以"义务政工队员"的公开身份,在群众中进行抗日救亡活动。区委书记冯幼平,开始住在黄湖张浩天家的泥楼里,后迁至双溪金秀林家里。他以"逃难"为名,在金家耕种荒地,掩人耳目。金家的灶边有垛夹墙,可存放文件和印刷用具;屋后山边有个泥洞,可容纳十多人,区委曾多次在洞里召开会议,研究党的工作。

1941年5月,黄湖中心区委所属基层党组织已有九个支部一个小组,共有党员107名。支部分布情况是:黄湖支部,书记俞大长;双溪集镇支部,书记杜阿菊;双溪农村支部,书记孙顺根;竹山支部,书记白希亨;白塔畈支部,书记吴忠义;钱家滩支部,书记徐金财;祝家湾支部,书记王金富;潘村支部,书记胡雄;县政队党支部,负责人黄也冲;千岱坑小组,组长倪莲珍。

1941年1月7日皖南事变发生后,党中央于1月18日发出《中央关于皖南事变的指示》,向全党说明皖南事变的真相和我们反对国民党进攻应采取的方针;20日,中共中央军事委员会发布了重建新四军军部的命令;22日,毛泽东以中共中央军委发言人的名义,发表谈话,彻底揭露国民党反动派的阴谋。4月中旬,黄湖中心区委接到浙西特委转来的中共中央军委关于重建新四军军部的命令和军委发言人谈话两个文件,要求将《命令》和《谈话》翻印、散发,以充分揭露国民党反动派勾结日伪、联合"剿共"的阴谋计划和皖南事变真相。区委立即组织力量,刻印了两百

份传单,研究了散发传单的时间、方法。4月22日晚,传单分头散发到黄湖、双溪、潘板桥、横畈、石濑、瓶寮等处。或用芋艿头作糨糊,张贴墙上;或将传单塞进商店和居民家中。这一行动,使群众认清了国民党顽固派消极抗日、积极反共的真面目,教育了各界人士,全县震惊。国民党浙西行署惊恐万状,派调查室科员到黄湖,会合当地政府专门组织力量进行侦破追查。他们根据国民党双溪镇镇长提供的线索,在水磨堰党员罗锦江家中搜出尚未发完的传单,逮捕了罗锦江,接着潘国瑞、孙良朴、黄也冲等人也被捕。黄也冲被捕后,出卖了中共黄湖中心区委书记冯幼平。6月,区委书记冯幼平被捕,冯被捕后亦叛变,造成区委所属支部陆续遭破坏。从5月8日至8月7日,先后被捕党员有三十多名。浙西游击队负责人、白塔畈支部书记吴忠义被捕后坚贞不屈,惨遭杀害。区委委员张季伦被捕后也被迫害致死。其余党员分散隐蔽,停止了党组织活动。

新四军在黄湖

1944年秋,日军为确保南京、上海、杭州三角地带,防止美军可能在浙江、福建方向登陆,先后占领温州、福州等要地,控制了浙闽两省沿海地区。国民党军队纷纷西撤,中共中央华中局和新四军军部遵照中共中央关于开展东南沿海抗日斗争,发展苏浙皖边与浙江沿海地区,以准备实行战略反攻的指示,命令第一师主力南进,首先打开苏南、浙西抗日局面,再与浙东打通联系,尔后相机向南发展。12月下旬,粟裕率一师主力由苏中南下,与先期抵达的王必成十六旅会师于长兴槐花坎。

1945年1月13日,中央军委电令,成立新四军苏浙军区,任命粟裕为司令员,谭震林为政治委员(未到职,粟裕兼),下辖三个纵队(4月增编第四纵队),统一指挥江南抗日斗争及向东南发展的战略任务。

2月12日,苏浙军区第一纵队进至递铺、武康一线,开辟了莫干山地区,第三纵队第七支队进到安徽省广德以南地区。国民党军以第六十二师、"忠义救国军"等五个团,由孝丰西北地区向第七支队发起进攻。

2月14日,第七支队顽强坚守广德东南上堡里阵地,浴血奋

战,多次打退敌人的疯狂进攻,尔后第三纵队全部投入战斗。16日,第一纵队奉命西返支援,在孝丰以西之西圩市、渔溪口、大小王坑一线参加歼击顽军战斗,18日上午战斗结束,歼顽军一千七百余人,解放孝丰城,控制了天目山北部地区。

3月1日,国民党顽军重新调集12个团的兵力,向孝丰城进攻。

3月6日夜,我军发起自卫反击。3月7日,我军全线出击。3月10日后,我军乘胜追击。

3月12日第一纵队兵分三路,一支队占领章村、孔夫关(西天目山西北),二支队占领羊角岭、后院(东天目山西南),三支队自孝丰经合上、前村、后畈向国民党余杭县政府所在地太公堂挺进,中午占领太公堂,下午占领潘村(临安横畈),黄湖地区解放;到5月10日,苏浙新四军经过七次大小战斗攻克德清、菱湖、洛舍、杭州城郊等十余个城镇。至此,我军控制了浙西纵横一百余公里的广大区域,解放了长兴、孝丰、安吉、武康、德清、吴兴、余杭、临安、于潜、富阳、广德南部等十一个县,人口一百余万。

3月13日,随军地方工作团随即组建中共余杭县委和余杭县抗日民主政府,肖松甫任县委书记兼县长,由苏浙军区一纵政委江渭清直接领导。

3月底,地方干部大队随一师教导旅到达浙西孝丰白水湾,粟裕亲自主持开了欢迎大会,并讲了整个苏浙军区的形势,同时向干部们提出工作任务:"要巩固和扩大抗日民主根据地,就要靠全体干部做好征粮、扩军、支前、统战和收集敌情等方面的工作。"粟裕还强调说,浙江是蒋介石的模范统治区,更要做好统战工作,在今后工作中要把统战工作做细做实,不要随便抓人,不要随便镇压人,对顽固派给予警告,对很反动的坚决镇压。接着天目山地委书记陈扬说:"我们已经派干部到临安、余杭去了,并建立了县政权,但缺少人员,都是空架子,乡镇政权基本上是原国民党的,所以今天要你们去接任,目前地委只有十几个人和一个警卫排,活动范围就在黄湖、赐璧、径山一带。同志们,明天上午,大家将走马上任,希望各位领导遵照粟裕司令员讲的要求,把各项工作做得更好。"

黄湖地处余杭、临安、安吉三地中心要地,北有独松关,东有马头关。早在唐武德三年(620),山东农民起义首领李子通率部渡淮,下江都,占余杭时,唐王派李天官驻守独松关,在古城村筑城相拒,逼走李子通;唐乾符五年,黄巢率农民起义军,曾两度入杭州,均先占独松关、古城,大军二十万驻扎在黄湖;南宋名将文天祥为保京城(临安,即今杭州),率勤王师屯兵黄湖,北守独松关,东扼马头关;元兵取临安时,派铁骑十万先占黄湖,后占临安;明初县府在黄湖建镇,派兵驻守;抗战初期,日军占领杭州后,怕国民党桂系部队,不敢在黄湖设据点,退守石濑以防桂部袭扰:故黄湖为历代兵家必争之要地。因此,苏浙军区在建立浙西根据地时,认为黄湖镇是浙西根据地的前哨和门户,必须建区政府、设区中队驻守。

4月初,成立黄湖区委和区政府,同时建立黄湖镇委和镇政府。黄湖区委书记郭云,区长邹就正(又名邹求真),章萱(又名张天引)任区民政助理员;黄湖镇镇长林玉清、副镇长杨宏川、白希超。

县政府有一个税务组,是苏南财务部门派来的,黄湖区政府成立后,这个税务组归黄湖区政府领导,下设三个税卡,即黄湖、

双溪、横畈,向商人收取税款,税款直接上交,以资军需。黄湖一带的税卡被敌人袭击过三次。第三次敌人从黄湖下街冲进来,抓走了我税务人员。区政府又在黄湖街重建一个税卡,派章萱(百丈古城人)去接管,章萱一直坚持工作到1945年10月12日后开始北撤止。

区政府建立后,为了巩固新政权,为了更好地开展征粮、扩军、支前、统战等方面的工作,还从部队里调来一个叫殷家富排长,组建了黄湖区中队,有人枪各二十余,殷家富任中队长。到了7月初新四军第四纵队十二支队地方化,分编为吴兴、武德、临余三个支队。临余支队队长高兴泰(任余杭县委书记兼县长,肖松甫6月调到孝丰县工作),两个排在县政府,一个排在黄湖区政府,此时,区中队有人枪各五十余,孙希成任中队长。

黄湖区中队一般都是单独活动。初期,晚上驻扎在高村的祠山庙、银岭土地庙、中街野猪坞、白塔西山庙等处,形势紧张时,区中队就经常跟随县政府活动。国民党大部队虽逃跑了,但他派遣马立山旗下小股土匪经常来武装骚扰,与新四军发生冲突,在斜坑、施家边、观望岭、黄湖下街头、孙家门口、木鱼岭等地与区中队打过遭遇战。

尤其是在木鱼岭的一场遭遇战中,我区中队缴获轻机枪一挺、步枪十余支。区中队还配合新四军主力一个连,在一天夜里到仓前吴山,歼灭了"和平军"。第二天早上,部队撤回黄湖。

8月15日,日本鬼子正式宣布无条件投降后,8月16日傍晚,区中队到石濑把日本鬼子据点包围起来,准备缴日本鬼子的枪。区中队一面派通讯员向县大队报告,一面派两个代表通过当地伪军进入日军据点与日军分队长谈判,要他们缴枪,日军不

答应,经我方代表再三交涉,最后日军分队长在口头上答应交出一部分武器,另一部分武器要交给国民党军队。此时天已亮,如果用武力逼缴的话,我区中队人太少,要对付一个分队的日本鬼子力量又显得太小了,真的打起来要吃亏的,区中队就警告了日本鬼子,限他们在几天之内把枪交给新四军,不然就消灭他们。这次虽没有缴了日本鬼子的枪,但对本地的群众影响很大,都纷纷议论新四军(只有一个中队)够威风的,敢到日本鬼子据点里去缴枪。

除奸反霸是区中队另一项任务。10月初,区中队在除奸反霸中,枪决了横行乡里、欺压群众的恶霸地主陆万荣、恶霸坐山虎张应楚、匪枭马立山等,群众奔走相告,鸣放鞭炮,大快人心。有意思的是:当地好多农家户主乘有新四军保护之机纷纷为子女操办婚事嫁娶,杨昌程的幺妹杨连花就是其中之一。杨昌程的家人裹了好多"满月粽子"(用两张新鲜的嫩箬叶并拢对中卷成圆锥形,锥长十五到十八厘米,裹进浸泡过的糯米和红枣,再把多余的箬叶封口包折成三角形锥底,又用棕榈叶制成丝条沿着底角与长锥的三分之一处扎两圈,活节打在长锥的肚中,两只底角朝上,下锅煮熟后,拎起粽子时,两只底角与长锥朝前向上翘着,寓意传宗接代,早生贵子早得福)分送给邻居和区中队战士品尝,以示共享幸福生活!

区中队的支前工作,一是支援军运;常常要组织运输队,把伤员运送到苏中,回来时又把苏中的粮食向南运送到前线。二是战役后勤服务;孝丰第三次自卫反击战斗前,县、区两级政府所有军政成员都到孝丰做后勤支援准备,组织急救站、转运站等。据白塔畈白希远回忆说:"孝丰保卫战打响后,黄湖组织一支运粮队,有三十余人,有的挑一百二十斤大米,有的挑一担。力气最大的是郑德忠了,他每担能挑大米二百余斤,连续挑了三天。我们走的都是山道,每天把大米从黄湖送到白水湾;第三天一早,有六个区中队队员走在前面,我们挑着大米,从孙家门口出发,沿白沙、前庄、过东山岭、施家边、全城坞,翻九东山,下仙岩、余坞里到半山,傍晚到芽山,夜九时许才到白水湾。郑德忠还受到新四军嘉奖,奖金两元(白银)。"

6月底,自孝丰自卫反击战斗结束后,区政府、区中队就驻在孟家坎杨昌程的祖屋里,直到我军政人员随军北撤止。

区政府的征粮工作。4月初正是青黄不接之季,征粮难度更大。区政府采取分片包干,上门征粮。副镇长杨宏川带队到独山桥、浪河口、孙家门口一带。副镇长白希超带队到东山村、竹山、麻车堰一带。他们带着新四军征粮队员(都是区中队队员)到殷富、富裕农家出借据征粮,待以后在田赋中扣除或折价归还。黄湖仰家捐大米3000斤,江塘庵伪保长陈香木拿出大米3000斤(新四军北撤后,陈香木被国民党余杭县政府抓去,说他拥护共产党,支援新四军,毒打一顿后,关押七天,由家人担保赔款释放,借据在20世纪80年代末老屋拆建时遗失);区委书记邹求真带队到双溪开明人士张奇珍家中征粮,他很乐意地拿出大米十几担(到秋收后还捐稻谷7000余斤)。在短短的几天里,征到大米20000余斤。白希超(是中共地下党员,对外是保长,1945年4月任黄湖镇抗日民主政府副镇长)为了给新四军多征点粮,还把自家的良田卖了七亩,将几千斤大米运到太公堂。第一纵队司令员王必成亲笔书写借据,盖上大印交给白希超(此据在1968年7月被烧毁)。

　　到了秋收后,征粮工作由张观锦、张天引、柯森、阿毛、小陈、杨宏川、白希超等人负责,分组到黄湖、双溪、百丈、鸬鸟、潘板桥等地征粮。

　　10月13日,黄湖区军政成员根据"双十"协定,奉命撤出苏浙地区,渡江北上,投入新的战斗。

半夜枪声

在我大军渡江前夕,原黄湖区的武装力量和通信设备全控制在我们地下武装人员手里。当时,我们黄湖的地下武装人员已发展到六七十人,并有机枪五挺,步枪、手枪等一百多支。国民党反动派的区乡政权,这时已呈瘫痪状态,黄湖镇于1949年4月份已成为中央领导的解放区了。

1949年4月20日,由我地下武装直接领导人祝歧耕随带吕德渊去杭州,向中共杭州市委汇报工作。这天清晨,浙东反共救国军上校支队长徐会斌带了七八个下属人员,乘专车自杭州方向来到黄湖。我地下武装得知此消息后,对他们十分警惕。中午,徐匪与黄湖匪首纵队长邓义密谋后,一同到土地庙查看我地下武装"联防队"的阵地和装备(当时以联防队公开身份掩护)。当天傍晚,我地下武装第一联防队队长朱鸿钧被徐匪手下人抓去,我地下武装处于万分危急之中我地下武装人员宋祖本从关霞领执行任务返回时,在上街头得知比事,就急奔土地庙,向第二联防队队长杨天波汇报了这一情况。杨天波当机立断,立即做出布置,决定分兵两路:一路由宋祖本带领一名机枪手和一名步枪手去上街拦截去路,以防徐、邓手下人出来应接;另一路由

杨天波自己带领两名有战斗经验的班长去镇公所抓匪首徐、邓两人（当时杨天波得到情报说徐、邓两人在镇公所打电话）。我们的行动目标是去抓他们的两个头头，采取针锋相对的策略，不使他们的阴谋得逞。杨天波同志带领两名班长和宋祖本在上街再次接头联系后，就直奔镇公所。谁知到了中途一槐花树下，就与匪首徐会斌、邓义面对面相遇。此时伸手不见五指，杨天波亮着手电，手枪瞄准对方，大喊一声："哪个，不许动！举起手来！"邓义打了一个冷战，举起双手站着不动，而徐会斌则退至水沟边侧过身去，意欲拔出腰间手枪。在这千钧一发的紧要关头，杨天波先发制人，"嘭！"一枪击穿了徐匪的腰部，徐匪应声而倒。邓义狗急跳墙，惊慌失措地去掏手枪，杨天波与两名班长将手电筒和枪口集中对准邓义的胸膛，大声说："邓义！你要不要活命？"此时，邓义想掏出手枪已来不及，只得将手枪送入枪壳，故作镇定地说："自己人、自己人好说！"结果成了对我地下武装的俘虏。

这半夜枪声，划破了夜的静寂，也震动了驻扎在邓义家里的徐匪手下人。我地下武装人员宋祖本等，早在吴四房桥边架起机枪对准邓义家门，严阵以待，以防徐匪手下人冲出来。谁知他们听到枪声，惊慌失措，躲在邓义家里不敢出门，猜疑是站哨人夜间"走火"。实际上，徐匪早已一命呜呼，用汽车送走了。

此后，全黄湖镇在我地下武装人员的控制之下，实行严格警戒，通宵巡逻放哨，保卫着镇上的安全。

这件事，距今已有七十个年头了，当时杨天波同志还只有二十二岁，他当时是联防队队长兼地下武装的中队长。

木鱼岭遭遇战

　　1945年3月12日,黄湖地区解放,随即建立了余杭县委和县抗日民主政府;至5月上旬,苏浙军区开辟了浙西根据地,巩固发展了苏南浙东根据地。

　　苏浙军区与浙西地委认为,黄湖位于浙西根据地的前哨,又是浙西根据地的门户;她东接莫干山,北连安吉、孝丰,西靠天目山,南伸余杭泰山;与日伪占领区上柏、石濑、仓前、余杭封锁线上的据点相距咫尺。黄湖与安吉递铺、临安、余杭古镇各相距(按古道计)五十五里,又是杭州西北山区及临安、安吉、孝丰部分山区农副产品及山货、南货的集散中心。因此,余杭县委于1945年4月初在黄湖建立区委区政府,下辖太平、鸬鸟、百丈、黄湖、双溪和横畈(临安),同时又建立了三个税卡和一个区中队。

　　1944年秋,日军为确保南京、上海、杭州三角地带,防止美军可能在浙江、福建方向登陆,已先后占领温州、福州等要地,驻杭州地区的日军兵力不足;此时又见苏浙新四军从杭州城郊北侧、西面、东南方威逼杭州中心据点,驻杭日军司令部不得不调整部署:东面重点扼守浙江沿海地区,北面、西面固守封锁线上的大小据点。驻余杭的日军躲在据点里日夜提心吊胆,生怕新四军随时攻打,但又不甘心老是在据点里躲着、藏着,就收买匪、特,派遣小股伪军、匪、特暗中骚扰我刚建立的根据地和人民政权,搞偷袭、暗杀、打冷枪,无恶不作。5月下旬,驻余杭、石濑据点的日军见国民党顽军调集十四个师四十二个团共六万余人的兵力再次对我天目山地区发动大规模进攻时,认为黄湖地区已无新四军主力、余杭县大队忙于支前已远离,黄湖地区兵力空虚,只有黄湖区中队几十号人,有机可乘,就派出小股匪、特在横畈、斜坑、施家边等地搞偷袭,企图把我区中队引到横畈、斜坑、施家边等地,尔后再派一个中队伪军(石濑、仓前各一个小队)偷袭黄湖区政府和黄湖哨卡。

且说黄湖区抗日民主政府的统战工作做得很出色,石濑据点里有个伪军就把这个情报送到黄湖区抗日民主政府,说在这几天里,石濑、仓前各出一个小队伪军,联合偷袭黄湖区政府和黄湖税卡。

黄湖区长邹求真、中队长殷家富准备在木鱼岭与伪军打一场预期遭遇战。

木鱼岭位于黄湖镇南五里许(按古道计),是白塔村的一座小山岭。此岭,西连天龙山,东临黄湖大溪,溪边悬崖陡峭,宣杭古道、明代驿道穿崖而过;岭北形似木鱼正座,故名。古越国时期,为防吴国进犯,在山北的古道两侧筑有土堡(20世纪六七十年代改田时毁)五座,与木鱼岭连成一道关隘(古黄湖有五个关隘:东有小岭关、南有木鱼岭关、西有蜈蚣岭关、西北有古城关、东北有箸岭关)。明代曾有一位皇帝八月十五路过木鱼岭,见此岭环境优美,就在此岭上夜宿。是夜,登岭望月、夜景无限:"举首明月当空,俯首波光粼粼,北瞧塔山蒙胧,西望天龙拜佛,侧听

水声潺潺,卧闻木鱼自鸣。"从此木鱼岭又称望月岭。1937年12月23日,桂系某部九连将士在此设伏,痛击日寇,谱写了一曲保家卫国、奋勇杀敌的英雄史篇。

邹求真对殷家富说:"近日每天早上六时许,区中队从黄湖街道上大摇大摆地走过,向鸬鸟、百丈进发,中途折回,隐伏在陀头山脚下,引诱敌方特务,谍报人员将所见所闻上报,使日伪军头目产生错觉,误以为区中队到施家边打土匪,给日伪军造成区中队远离黄湖的假象;第三天凌晨四时许,我区中队借着夜黑的掩护,悄悄地隐伏在木鱼岭上。"

殷家富听后笑道:"好一招'瞒天过海'啊!"

这一天,天刚蒙蒙亮,沿溪穿崖而过的木鱼岭古道上,水气重,大雾笼罩,十步之内,只闻其声不见其人,。区中队来到木鱼岭南端的平岗上,中队长殷家富估计敌人上岭后,定会在此坐下来休息。殷家富对战士们说:"我带第一小队埋伏在古道东侧小山冈上,邹区长带着第二小队埋伏在古道西侧的树林里,当敌人来到岗上坐下来休息时,听我号令,两面同时开火。"

邹求真区长接着说:"为金秀林烈士报仇,就在今天了。"

"是!"战士们低声地应道。

区中队迅速地进入阵地,埋伏在古道两侧。

此时,木鱼岭四周,天蒙蒙,雾浓浓,无风无声,林木萧然,竹海静穆,显得格外宁静。

5时许,岭下传来吵闹声,有的说走不动了,有的说我的烟瘾范了,有的骂天骂地。忽听见一个大嗓门骂道:"这点路就走不动了,都到岭上去,老子再给你们抽烟、休息!"

原来是石濑出来的伪军,伪军小队长在出发前得知:以马立

山为首的贯匪,在今天凌晨要偷袭百丈乡抗日民主政府;原与仓前伪小队长约好在双溪桥头会合,一起偷袭黄湖的;但石濑伪小队长,认为我区中队定远离黄湖,贪功冒进,故先到木鱼岭上,企图在天亮前偷袭我税卡与区政府。

过了一会儿,二十几个敌人一到岗上,就把枪丢在地上,一屁股坐在枪把上、石头上,迫不及待地抽起烟来,还有十几个就坐在岭下边骂边抽烟。我区中队长殷家富见敌人分散休息,时间不会太长,就指挥身边几个战士掷出手榴弹,同时大喊一声"打!"两面枪声大作,队员们的枪弹带着仇恨的怒火一起向坐在枪把上嬉闹、抽烟的敌人射击,一下就打倒了四五个,伤了好几个。敌人措手不及,以为遭遇到新四军大部队的埋伏,一个个叫爹喊娘,顾不得放在地上的枪,丢下旱烟杆,抱头鼠窜,拼命地向双溪逃跑。我区中队队员们冲到古道上,追杀了一段路后,因雾太浓,看不见敌人的身影,殷中队长命令停止追击,返回打扫战场。

这时,初夏的阳光已驱散了迷漫的大雾。区中队的战士们迅速打扫战场,缴获机枪一挺、步枪十多支。区中队长殷家富随即命令战士们尽快撤离木鱼岭。在回黄湖区政府的路上,大家兴奋地说,这次既给金秀林烈士报了仇,又给敌人一次教训,我们又"发了财"。

初夏的阳光沐浴着木鱼岭,显得更加壮美,岭下的溪流歌唱得格外欢畅。胜利的消息马上传遍了黄湖、双溪,老百姓暗暗称快,民主政府的威望更高。

黄湖白塔畈党支部书记吴忠义烈士

吴忠义,原名吴阿篇,男,浙江平阳县人。从小苦练拳术,武功高强。1936年2月,在平阳加入中国共产党,不久参加红军游击队;为浙西游击队负责人;在一次攻打宁国战役时,战斗失利,部队被打散。党为了保存革命力量,采取分散隐蔽,受中共浙江省委统战部副部长吴毓派遣,吴忠义来到双溪竹山村哥哥家,后住在林阿英家里,以打短工、做长工为掩护开展革命活动,1939年底,中共浙西特委派来接收黄湖地区党组织关系的刘吟(罗希明)与吴忠义接上关系,并建立了中共竹山村党支部,吴忠义任村党支部书记;1940年春,在白塔畈建立中共白塔村党支部,有党员六名,吴忠义任书记,竹山村党支部由白希亨任书记。

1941年5月,中共黄湖中心区委所属有九个党支部及千岱坑党小组,有党员107名。

"皖南事变"发生后,中共黄湖中心区委遭破坏,因叛徒出卖,白塔村党支部书记吴忠义在木鱼岭砍柴时不幸被捕。在国民党浙西行署监狱,吴忠义经多次审讯,受尽酷刑折磨,仍然大义凛然,坚贞不屈。至8月,国民党以该人"中毒已深,不易感化"为罪名,决定活埋。

这天晚上8时许,吴忠义被带到山上,两名国民党的刽子手要把吴忠义推进土坑,吴忠义立定锁着脚镣的双足,纹丝不动,吴忠义举起戴着手铐的双手向左右一甩,两名刽子手被甩出七八尺远,四肢朝天,重重地摔在地上,吓得七八名刽子手谁也不敢上前来,吴忠义回头大声说道:"不要你们推,我自己走。"他用右手摸了一下脸,又扯了一下衣襟,拖着脚镣,迈着坚定的脚步,走到土坑边,面向北斗星,高呼"打倒国民党反动派!中国共产党万岁!"随即跳进土坑……吴忠义就这样秘密地被国民党反动派活埋(被活埋在何处至今无人知晓)。

黄湖镇革命烈士还有中共独山党支部书记俞大长,1945年参加新四军的陈有生(黄湖灰山廊人)、王金川(东山村千家坞人)、林玉相(黄湖灰山廊人)、沈顺金(东山自然村人),他们为了中国人民的解放事业先后献出自己的宝贵生命。

如今在高高的临平山革命英雄纪念碑上镌刻着烈士们的名字,烈士们的英名和事迹将与日月同辉,光照千秋!

黄湖地下党支部书记喻大长烈士

喻大长（1923—1943.8），男，黄湖独山桥人。1939年8月入党，同月任黄湖地下党支部书记，同时兼任黄湖地下交通员；1940年5月至1943年8月任黄湖交通站负责人；1943年7月底，地下组织有人出卖了喻大长，8月上旬被捕，被关押在黄湖镇伪政府。在关押期间，他受尽严刑拷打，遍体鳞伤，内脏大出血；他自始至终坚贞不屈，宁死不说自己是共产党员、地下交通站负责人，保住了党的秘密，保护了地下党组织其他同志的安全。最后因伤势过重壮烈牺牲，年仅20岁。

1939年7月喻大长小学毕业，考入浙江二中（现安吉中学）。

1939年春，省政工队第二大队一中队进驻余杭县安合（现鸬鸟、太平）乡祝家湾。一中队有三十多名政工队员，建有党的特别支部，隶属中共浙西特委领导。一中队共有党员二十四名，特别支部书记于以定。中队辖四个分队，第一分队活动于临安横畈一带，第二分队活动在德清县的杨坟、原杭县的上纤埠等地，第三分队活动在安合乡祝家湾一带，独立分队活动在黄湖、双溪等地。政工队内的地下党员曹大钧、贝纹在黄湖街头演出短小精悍的话剧《放下你的鞭子》，在墙上写"地不分东西南北、人不分男女老少,抗日救国,人人有责""日寇必败,我军必胜""军民一致把鬼子赶出去"等富有鼓动性的抗日标语。7月初,曹大钧、贝纹还在黄湖独山桥、白塔畈等村举办的读书会、文化补习班,吸引很多青少年,喻大长就是其中之一。喻大长(暑假在家)几乎天天跟着贝纹的文化补习班,听贝纹讲抗日救国的革命思想;喻大长成为黄湖首批进步青少年的骨干;8月,贝纹介绍喻大长入党,还推荐喻大长任黄湖地下党支部书记。开学后,喻大长在学校里写了抨击国民党当局的《尾巴主义》一文,震动了全校。

特支决定要求喻大长在学校里利用同学关系,秘密发展进步同学,吸收学生骨干向党组织靠拢。喻大长通过自己班里几个关系好的同学,与各班各年级的同乡学友一起教唱《渔光曲》《松花江上》《大刀进行曲》,一时间,全校师生人人会唱这三首抗日救亡歌曲。夜深人静时,喻大长还与同寝室的同学一起,在校园里到处张贴富有鼓动性的抗日标语。喻大长还将"平型关大捷""台儿庄血战"编成小报塞进各年级教室门里,第二天早上让全校同学相互传阅。经喻大长的各方努力,浙西二中的抗日救亡氛围十分高涨。

8月,多数省政工队员从黄湖转移至武康、德清,特支留下支委曹大钧负责临(安)余(杭)地区党的工作。特支决定:喻大长任黄湖——递铺地下秘密交通联络员,与曹大钧单线联系,在喻大长家建立了党的秘密交通联络点。

1939年底,因曹大钧、贝纹调离,中共浙西特委派当时在安吉工作的刘吟(罗希明,江西永新人,1932年3月参加红军)到余杭黄湖,接收省政工队特别支部移交的地方党组织工作时,又将喻大长、陈才法任地下交通员的关系介绍给刘吟。刘吟在黄湖

负责临余工委工作期间,经常派喻大长、陈才法秘密运送药品、武器和文件、情报到浙东金萧支队和莫干山特委。

1940年5月,中共浙西特委调刘吟去吴兴工作,刘吟决定:喻大长任黄湖交通站负责人。

喻大长在校读书期间,将支部工作交给支委施义福(黄湖独山桥人,与喻大长是邻居);每周六,喻大长从递铺回家后,再与支委施义福联系,黄湖中心区委只知其姓,不识其人,除施义福外,黄湖党支部成员,均单线联系,只知道书记姓喻。

1941年6月,中共黄湖中心区委因叛徒出卖,区委及其所属组织遭破坏时,喻大长在校读书,才幸免于难。

1942年秋,喻大长又发展相瑞德为中共地下交通员;相瑞德是喻大长的亲舅舅。

相瑞德,浙江绍兴蒋相村人,1942年春,他带着全家到黄湖独山桥二姐家,打工度日。黄湖一带认识他的人很少,贝纹听了喻大长的汇报后,同意相瑞德为我党地下交通员,同时指示喻大长,今后有重要物资、情报均由相瑞德运送。

深秋的一天下午,喻大长与相瑞德在自己家里,先用薄刀片在一只大冬瓜蒂部一圈镂下来,先把冬瓜子掏尽,再把五支手枪用油纸包好,一支支地放在冬瓜夹瓤里,又用毛巾塞紧,使枪不能动,再小心翼翼地把镂下的冬瓜蒂部按原样镶好,最后用竹签四枚将冬瓜蒂部钉牢;又把百余斤的红番薯分装在两只箩筐里,再把那只藏有枪支的冬瓜放在番薯上面,又把差不多大的一只冬瓜放在另一筐的番薯上面。一切准备就绪,天黑后,喻大长亲自押运,他在前引路,相瑞德在后面挑着番薯跟着走。碰到岗哨盘查,就由相瑞德说好话,削红番薯给哨兵吃,应付过关。就这

样,他与相瑞德,把枪支送到横畈凉亭,在凉亭里交给下一站的交通员就返回。据相瑞德的儿子相光坤说,他父亲与喻大长在这年秋天里多次用类似的方法押送过子弹、手榴弹、药品;相瑞德还单独送过几次情报到莫干山。

1943年7月底,安吉地下交通站有叛徒出卖了喻大长。当天夜里,国民党的六个警察来到喻家搜捕,两个军警守住大门,两个军警守住楼梯口,两个军警冲上二楼,闯进房间,一个军警用枪逼着喻大长,另一个军警用手铐,铐上喻大长,把他押到国民党黄湖镇政府关押了七天,喻大长受尽了严刑拷打,宁死不屈。敌板用石板压在他的胸膛上,致内脏大出血,8月上旬,喻大长牺牲。

1966年,余杭县公安局驻黄湖特派员吴忠法同志,专程到黄湖独山桥调查、核实喻大长的政治身份,给予政策兑现,办理烈士和烈士家属荣誉证书。

喻大长为了党、为了革命,宁死不屈,保守地下党组织的秘密,保住了贝纹、陈才法、相瑞德等同志的安全,而献出了自己年轻的生命。

让我们永远记住他的英名。喻大长一生虽然短暂,虽未干过轰轰烈烈的大事,但他在黄湖地区的革命斗争历史中写下了光辉的一笔。

新四军战士沈顺金烈士记

　　烈士沈顺金,又名沈老王,男,生于1924年,余杭区黄湖镇清波村人,1945年4月在家参加新四军,属苏浙军区新四军一纵一支队一营二连三排战士。1945年8月15日,在江苏溧水县白马桥战斗中牺牲。1962年11月15日浙江省民政厅追认为革命烈士。

　　他的太祖父从绍兴逃难到黄湖,经人担保到东山叶家当佃农。沈顺金生在黄湖东山村,有兄弟妹妹八人,父亲沈法、母亲张宝珍,全家十口人;家有茅草屋三间、牛棚二间、耕牛五头、租田十五亩。大哥沈长龙、二哥沈小龙、三哥沈顺龙、四哥沈金龙、胞弟沈新全、妹妹沈长花、沈小花,他排行老五。

　　他从小口吃,小时候与兄弟们玩耍时,也不爱讲话。有一次,他的大哥捕了好多的黄鳝回来,他见了就伸出小手,一把抓起一条黄鳝来,黄鳝既大又滑,鳝头一歪就咬住了他的小手,急得他"黄……黄……黄"大叫,兄弟们见了哈哈大笑;从此兄弟们就叫他"小老王"。如今,村中老年人说起他,还是称他"小老王"。

　　他家里人口多,无田地,他父亲每年租种叶家地主的田。全

家人辛勤苦干,夏种单季稻,秋播小麦、青菜和萝卜,勉强维持生活。三间茅草屋,竹编当墙,紧挨着牛棚。有时,牛尾巴粘着牛粪,牛尾巴一甩,将牛粪抛到他家的灶台上,真是苦不堪言。

他10岁起就跟着四哥沈金龙去放牛,他家有五头耕牛(水牛),他父亲要他兄弟俩把牛养好,每年在播种季节里,五头耕牛,除完成自家耕作外,还要靠它们替别家耕作,赚点钱回来,换油、盐;生出小牛犊,护养一年半载后,牵到牛市去交易,卖几个大洋,给全家人扯几丈粗布,为全家添衣添裤;因此,五头耕牛是他们全家人的命根子、宝中宝啊!

他家坐东朝西,门前是黄湖大溪,家中无地,平日里家人无菜可吃。他父亲要沈顺金兄弟除放牛外,每天还要下河摸螺蛳、挖野菜;尤其是在春、夏、秋三季里,沈金顺兄弟俩几乎天天要下河捕鱼、捉虾、摸螺蛳。从此,沈顺金也练就了一身好水性,他一个猛子扎进水里,能闭气二分多钟,与同伴们打起水仗来,就像浪里白条,上跳下串,一个猛子能潜出百米之外,谁也抓不住他。

他18岁那年就跟着二哥给叶家打杂工。兄弟多,他三哥沈顺龙入赘到潘板桥钱家滩村,大哥已成家自立门户。过年晚上,他父亲对他与四哥沈金龙讲:"你兄弟俩明年要好好地干,多打粮食、多赚点钱,再搭一个茅草屋,好给你二哥成个家!"

正月初八,沈顺金就到黄湖集镇去打工,想多赚点钱回来;可是,日本鬼子侵占余杭后,经常到黄湖地区来烧杀掠抢,无恶不作;国民党顽军,经常穿镇进村抓壮丁,逼得沈顺金等青壮年们东躲西藏。在那个年代,哪有穷苦人家过的好日子。到了年底,他们一家人辛勤苦干了一年,还是所剩无几,就连他家那头最心爱的大牯牛也被日本鬼子抢走了。吃年夜饭时,他父亲什么也没说，但他从父亲那蜡黄的脸上告诉他："明年你们兄弟仨还要继续苦干啊！不要灰心，总有一天能把新茅草屋搭起来，好让你二哥成个家。"

1944年12月，粟裕遵照党中央战略决策，率领新四军一师主力由苏中南下，与先期抵达的王必成十六旅会师于长兴槐花坎。

1945年1月13日，中央军委电令，成立新四军苏浙军区，任命粟裕为司令员，谭振林为政治委员（未到职，粟裕兼），下辖三个纵队，统一指挥江南抗日斗争及向东南发展的战略任务。

苏浙军区成立后，根据部署，一面对部队进行政治教育、军事训练；一面执行党中央巩固和发展东南地区向浙西敌后挺进的战略方针。粟裕率部进军中，遭到国民党第三战区顽固派的大规模进攻。

1945年2月10日，一纵从长兴槐花坎出发，向德清武康、安吉递铺、莫干山地区前进，沿途粉碎日伪军的袭击，控制递铺、武康一带，开辟了莫干山地区。2月16日，一纵奉命配合三纵反击进犯之敌，从递铺经塘浦、观音桥夹击顽军侧翼，顽军攻势顿挫。当晚一纵和三纵全线出击，占领了孝丰城北隘口、塔山岭、太阳山一线阵地，17日我军解放孝丰县城。

苏浙军区指挥部在粟裕率领下，2月下旬进驻孝丰。新四军进入孝丰，建立了抗日民主政权，激励人民的抗日斗志。正当我军执行党中央指示时，国民党顽固派又调集十二个团兵力，在国民党顽二十八军军长陶柳指挥下，分四路围攻孝丰。3月6日夜，我军发起孝丰自卫反击战，3月7日，我军全线出击，3月10日我军乘胜追击，3月12日一纵分三路挺进，占领章村、孔夫关、潘村。

一纵三支队自孝丰经合上、前村、后畈奔袭国民党余杭县政府所在地太公堂。

1945年,新四军进驻太公堂、鸬鸟、百丈、黄湖、双溪一带后,建立了余杭县抗日民主政府和部分区乡抗日民主政权,黄湖区区长邹求真、黄湖镇镇长林玉清、黄湖区中队队长殷家富。同时,在黄湖里三村沈家大院、双溪钱家滩、太公堂设三个新四军扩军站。黄湖地区有志青年纷纷上门报名要求参加新四军。

4月初,白塔村沈维来已参加了新四军,部队首长要沈维来同志到附近各村多动员几个有志青年来参军,沈维来与沈顺金是堂兄弟,从小在黄湖大溪里一起玩大,合得来,因此,沈维来就到沈顺金家里去动员沈顺金参加新四军。

这天,沈顺金正在叶家炒旗枪,沈维来找到沈顺金,讲明来意,沈顺金听了后,二话不说就放下手中活,跟着沈维来到双溪后村,换上新四军军装,又马上回到家里,放下旧衣衫,挥泪告别父母、兄弟后,直奔新四军队部。

6月底,沈顺金与刚参加新四军的战友们到孝丰县城,成为新四军一纵一支队一营二连三排的一名战士。此时,我军在结束天目山战役后,抗日战争已接近最后胜利阶段,沈顺金与主力部队,正在加紧训练,为解放南京做积极准备。

沈顺金在连长的带领下,在孝丰县章村一带努力学习杀敌本领,很快学会了射击、投弹、肉搏各项战斗要领和技能。6月下旬,梅雨连绵,章村南,溪流猛涨,连长抓住这一时机,将全连善游泳、水性好的战士集中起来,进行泅水过河训练。训练场选在章村街道南面的河道,宽近百米,水流较缓处。近二十名战士都带着枪游到对岸,又能及时地游回来;连长问他们:"假如对岸民

房是敌人的碉堡,谁能负着40斤重的炸药包,潜到对岸将碉堡炸毁?"战士们相互观望着,只见沈顺金走上前来说:"报告连长,让我试试!"这时,河水猛涨,水流较急,连长叫一个战士拿来炸药包,递给沈顺金,连长又对他说:"水流这么急,你带着炸药包过河时,如不行的话,就把炸药包丢掉,空手游回来好了!""是!"沈顺金说着,将炸药包夹在身体左侧,来到水里,身体往水中一沉就不见了,战友们都焦急地望着河面时,只见沈顺金已在对岸边露出头来,转身向大家挥挥手,身子一沉,又不见了,快速地潜了回来。沈顺金带着炸药包走上岸来,战友们都围拢在他身边,伸出母指异口同声地说:"你是潜水大王!"连长双手拍着他的双肩高兴地说:"我们连出了一个潜水大王。"从此"潜水大王"沈顺金的大名在一支队传开了。

1945年8月14日,句容县城的守敌为阻挠我新四军苏浙军区主力向南京挺进,结集了各小据点的兵力,计一千四百余人。在伪军第三师师长任祖萱带领下,分兵两路向溧阳、溧水地区进行"扫荡"。东路由任祖萱亲自率领日军一个中队,伪第三师第八团两个营,向上兴埠、上沛埠一带进犯;西路在伪军第三师第八团团长吴庭阶、句容县天王寺自卫团总团长戴静波的率领下,以日军一个中队,伪军一个营和伪保安大队两百余人,向溧水县白马桥地区进犯。

日伪军"扫荡"溧水的情报,很快被溧水县白马区抗日民主政府获悉。白马区程华平区长亲自把情报送往主力部队。

此时,第一纵机关率第一支队正向南京挺进,在溧水县白马区经巷附近遇到前来报信的程华平区长。经研究,纵队领导决定:由白马区大队诱敌到张家岗北侧,再迂回到敌后,阻击敌军逃窜,再负责战场救护工作,第一支队和苏浙军区第一分区特务营配合作战,伏击来犯之敌。

程华平接受任务后,连夜返回,率区大队在白马桥附近与敌军接火,边打边退。15日清晨4时许,将敌军引到张家岗北侧毛篁里,交给一支队一营一连后,区大队立即翻过回峰山,埋伏在白马桥东南的杨塘村一带,守候阻击。

一支队司令员饶惠谭在张家岗附近召开支队营,连干部会议,进行战斗部署:第一营第一连接应白马区大队后,继续担负诱敌深入任务,把敌人从张家岗引到回峰山西南经巷一带伏击圈内;其余各连埋伏在经巷西南,待敌到达时正面阻击;第二、第三营由回峰山东侧向白马桥迂回包围,切断敌人退路;第一支队特务营和第一分区特务营分别隐蔽在回峰山北侧的长冲和马占山下的西阳庄,待敌军进入伏击圈后,由长冲直插毛竹篁里,由西阳庄,直插蒋家坝,将敌军拦腰切断。接着,支队司令员拿起一封信对一营二连长说:"你连里不是有个潜水大王(沈顺金)嘛,你回去马上叫他把这封信送到一分区特务营驻地。"

一营二连长回到队部后,通讯员带着沈顺金来到连长面前,说:"你来看。"二连长接着指着地图又对他说:"你马上换上便衣,从九涧桥下水过河,把这封信送到一分区驻地,交给首长后,马上回来,到经巷西南岭上,我们在这里埋伏着,来去共有六十里,你争取在天亮前,回到这里。"连长抬起头看着他又问道:"有困难吗?"沈顺金立身坚定地答道:"没有,保证完成任务!"通讯员小张拿着便衣递给沈顺金,他穿好便衣告别连长后,转身消失在夜幕中……

一支队一营登上经巷西南制高点,营长观察地形后,立即布

置：一连放下重武器，轻装直奔到张家岗北侧毛笪里，接替白马区大队，与敌人接火后，把敌军引到经巷，随即进入经巷西南岭中段阵地；三连在经巷西南岭西北岭埋伏；二连在经巷西南岭西南埋伏；等一连把敌人引到岭下时，给我狠狠地打。

且说一营一连在毛笪里，与敌军接火后，边打边退，敌人见新四军人少，又无重机枪，就大着胆，一路紧追下来。就这样，一连战士紧紧地牵住敌人鼻子，顺顺当当地把敌人引进我军布下的伏击圈内。

埋伏在经巷西南的一营二连、三连战士，等一连战士登上山岭进入中段阵地后，营长一声号令"打！"经巷西南岭上枪声大作，所有轻重武器一起开火，仇恨的子弹像雨点般打在敌人，敌人纷纷中弹倒下，剩下的敌人乱作一团，连滚带爬地退到岭下。日军中队长见岭上的新四军人数不多，重整队伍，向东南山岭疯狂扑来。

此时，沈顺金已完成送信任务后归队。他与三排战友们正面对着日本鬼子的攻击，沈顺金与战友们沉着冷静地伏在战壕里，待敌军爬到距我阵地三十米时，沈顺金与三排的战友们，不慌不忙地瞄准敌人，一枪一个日本鬼子，打得日本鬼子和伪军人仰马翻，日军丢下二十多具尸体，慌乱地退回岭下。连长命令全体指战员马上进入工事隐蔽，只留哨兵在监视岭下敌人的行动。

日军中队长，气得恼羞成怒，嗷嗷大叫，指挥炮手架起小钢炮，疯狂地轰击我二连阵地。炮击停后，日军中队长又逼着日伪军一起向二连阵地扑上来。我哨兵大声报告说："敌人来了！"二连指战员又迅速进入阵地。连长命令，待敌人上来距我阵地三十米时，大家用手榴弹炸，不要开枪。沈顺金与战友们把手榴弹一个个放在战壕沿上，手里捏着一颗手榴弹，手指套着拉火环，静悄悄地伏在战壕里等敌人上来。日伪军在日军中队长的威逼下，气喘嘘嘘地爬上岭来，见我阵地上静悄悄的，以为我军早已退出阵地，就直起身，大步向我阵地走来。等距我二连约三十米时，百余颗手榴弹瞬间落在敌群里开花，爆炸声惊天动地，敌伤亡惨重，活着的日伪军又拼命地往岭下跑去。日军中队长见我军只用手榴弹炸，没有开枪，认为我军没子弹，又重整队伍，全线攻击上来。

日军中队长拿着指挥刀，逼着日、伪军疯狂地向二连阵地扑上来，这次敌人三个一组，五个一伙，相互掩护，相互交替着攻击前进。营长站在掩体里见状，立即命令各连指战员等敌人距我六十米时，每人瞄准一个敌人，再开枪。当敌人进入我二连阵地六十米时，二连所有的轻重武器同时开火，一时把日伪军压在阵前，双方展开对射，这时沈顺金在排长的右边，发现有七八个日本鬼子，交替掩护着攻击上来，距排长只有三十多米了。沈顺金一把抓起一颗手榴弹，侧身立起，左手拉火，右手一挥，把手榴弹投进敌群，就在这一瞬间，一颗敌人的流弹击中了沈顺金的胸膛，沈顺金当即倒下，三排长一把抱住沈顺金，大叫："沈顺金！"沈顺金躺在排长的怀里，用左手指着岭下，什么也没说，头一歪，壮烈牺牲。排长放下沈顺金，拿起手枪，大叫一声："为沈顺金同志报仇，给我狠狠地打！"说时快，此时慢，排长的手枪更快，手枪像鸡啄米似的，当场把五个日本鬼子撂倒在阵前。

这时，敌军发现我军主力向回峰山东北侧运动，见势不妙，慌忙逃跑。为了不让敌人逃跑，一营组成若干小分队频繁出击；在不同方位上交替攻击，紧紧拖住敌人；日军中队长对着句容县

天王寺自卫团总团长戴静波、伪军第八团团长吴庭阶,恶狠狠地说:"你的断后的掩护,皇军的,大大的,前面的,开路、开路的,你的明白?"说着,日军中队长带着残敌向白马桥方向拼命地往来路逃窜。

这时,二营、三营经杨塘村向白马桥、杜巷挺进,已经堵住日伪军逃窜的去路;第一支队特务营和第一分区特务营像两把利刃,将敌军拦腰切断。敌军被分别包围在杜巷以南,毛笪里以北及张家岗地区。被包围在杜巷以南、毛笪里以北的敌军,有伪军两个连和句容县保安大队,共计四百余人,战斗力弱于被包围在张家岗的敌军。第一纵队首长决定集中优势兵力,先歼弱敌,后打强敌。在白马桥南约一公里处,收紧包围圈,发动攻击,打得伪军惊慌失措,四处逃窜,纷纷举手投降。句容县天王寺自卫团总团长戴静波,慌忙脱掉军装,穿件汗衫,冒充伙夫,俘虏后被认出。伪军第八团团长吴庭阶也被活捉。经过一个多小时的战斗,全歼了这股伪军。

第一支队乘着胜利,与支队特务营、第一分区特务营一起围歼张家岗之敌战斗又开始了。

在溧水县白马桥地区反"扫荡"的伏击战斗中,沈顺金不幸中弹,壮烈牺牲,他为中国人民的解放事业献出了宝贵的生命。

新四军战士王金川烈士记

烈士王金川，男，生于1913年，余杭区黄湖镇清波村千家坞人，1945年5月在黄湖里三村参加新四军，编入苏浙军区一纵一支队三营二连战士。1945年8月15日，在江苏溧水县白马桥战斗中壮烈牺牲。

他的爷爷从绍兴逃荒到黄湖，经他爷爷兄弟的帮助，在黄湖千家坞落脚安家；租种东山叶家水田六亩。到他父亲20岁时，他家盖起茅草屋五间，置地三亩。他生在黄湖千家坞，10岁那年有弟、妹三个，父亲王阿鹏，母亲二胞，全家六口人。

他父亲从小练武，是一个地趟拳高手。他从小也跟他父亲练地趟拳，也爱玩小弹弓，几乎不离手，到了14岁，打起麻雀来，百发百中。有一天，父亲对他说："山鸡经常到地里糟蹋咱家的玉米。"他听了说："明天我去打两只回来。"父亲听了也不在意。第二天一早，他来到玉米地，就隐伏在玉米丛中，到了上午九点多，五只山鸡飞到玉米地，停在玉米秆上，将玉米秆都压弯了腰。他见了，悄悄地侧身立起，拉开皮弹弓，"叭""叭"两颗小石子击中山鸡的头部，两只山鸡抖起翅膀，从玉米秆上颠下地来，吓得其余山鸡跌下玉米秆逃走了，小金川高兴地拎着两只山鸡

回家了,邻里见了都赞不绝口。

16岁那年,他父亲因病去世,全家人生活的重担全落在他的肩上。从此,他起早贪黑,忙里忙外,不懂的活儿就向邻居叔伯请教。他自小聪明、能干,一教就会,一点自通,在近邻的帮助下总算将租田播种(新中国成立前本地种单季稻)下去。可是,天有不测风云:这年六月中旬,梅雨降临,他家租种的田,都是低洼田,被水淹没,浸泡了六七天,待水退去后,他家种的苗田全淹死了,当年稻谷颗粒无收。叶家见他家遭这般境地,给他免了租,还借粮食给他家,但要他来年归还。

20岁那年,经全家人精耕细作,又遇上一个好年份,稻谷丰收,才将往年借的粮还清。但好景不长啊!他的母亲病倒了,无钱求医抓药。王金川是个孝子,他背着母亲向富裕人家借贷五元钱(银圆),给母亲治病。为了还债,他除了自家耕作、种植管理外,春天给人家开地种植,秋季替人家拖毛竹,冬季上山为顾主烧白炭,一连苦干了三年才将借贷还清。

25岁那年,全家平安,稻谷丰收,母亲精打细算,还有结余,母亲委托媒人,给他娶亲成家,他妻子阿凤十分孝敬婆婆,里里外外收拾得井井有条,邻里和睦,大家称赞不绝。

第二年春天,他母亲旧病复发,医治无效病逝。他为了安葬母亲遗体,又借贷五元钱。这年,他二弟王金福21岁,小弟王金宝19岁,妹妹王金凤17岁,因父亲去世后家里缺吃少穿,经常以野菜、草根充饥,兄弟俩长得骨瘦如柴,体弱多病,只能在家看管稻田、玉米、番薯。他为了还债,又去打短工,遇上好心人家一天给他两角钱,差的人家一天只给一角钱,到年底他回到家里,总算把欠债还清。可是家里没有一滴油,也没有一点盐。好心的

邻居见他家无油、盐过年,就买了一斤酱油、一斤盐送给他过个年。吃年夜饭时,餐桌上摆着两碗青菜、一碗萝卜、一碗粉丝、一碗水煮黄豆。他妹妹王金凤说:"今晚的青菜真香啊!真好吃,我已经好长时间没有吃过有盐的菜了!"她嫂嫂说:"今晚是过年,我才放点盐!"哥哥、嫂嫂坐在饭桌四周,看着妹妹吃得津津有味的样子,谁也不动筷,王金川头一歪流下辛酸的泪水,他马上又转过头来含着泪笑道:"今年我们把债都还清了,明年哥保证全家有饭、有盐吃,今晚是过年,大家吃饭吧!"

1944年春,他把家里的耕种交给兄弟俩后,到黄湖石扶梯纸作坊去打工,他为了多赚点钱,白天做纸浆,晚上加班切纸、打件,几乎天天如此,拼命地干。他家里穷,兄弟多,又没有余钱给伪保长送礼,伪保长就经常上门要抽他兄弟们的壮丁,逼得他兄弟仨东躲西避,有时连晚上也不敢回家。冬至日,他把自己打工所得五元钱里,拿出三元钱送给伪保长,求保长帮忙照顾他兄弟仨。伪保长假装客气,边说边接下钱,还说照顾是应该的;接着就问他说:"你妹妹,今年多大了,可有许配人家"?他回答说:"已许配人家了。"他回家后,心想伪保长可能在打他妹妹的主意,想罢对妹妹说:"你年底就出嫁吧,趁哥身边还有两元钱。"就这样,他妹妹急匆匆地嫁到黄湖花坟头陈家。

1945年初,他又到纸作坊去打工,他的两个弟弟因从小缺吃,营养不良体弱多病,长大后又经常缺盐吃,到了2月中旬,浑身水肿(从小在黄湖溪摸螺蛳,患上血吸虫病),相继病逝。他在近邻的帮助下,将兄弟俩下葬。2月底,他又到石扶梯纸作坊打工。到了5月中旬的一天晚上,他回家路过里三村沈家大院门口,看见有许多新四军,几个里三村人还与新四军在一起,说说笑笑,好像在告别。他觉得好奇怪心想:平日里老百姓见当兵的躲还来不及呢,哪有老百姓与当兵的说说笑笑的? 他走上前去一打听,其中一个新四军对他说:"我们是新四军,是穷人的队伍,专打日本鬼子和反动派,只有把日本鬼子赶出中国去,全国人民得解放,人民才能过上好日子。"他听后,想了想就问:"像我这般年龄的人,你们要不要?"那个新四军接着说:"打日本鬼子,不分男女,不分年龄,你要是参加新四军,我们欢迎!"王金川听罢,又想了想说:"好! 我参加新四军!"那天晚上,他就跟着部队走了。

6月底,他在孝丰碰到刚入伍的林玉相、沈顺金,三个人十分高兴。他编入六师十六旅一支队三营二连,空闲时三个人经常聚在一起问长问短,好不亲热。他说:"听我们的连长讲,我们要在孝丰、长兴一带开展军事训练,过一段时间,我们准备去解放南京呢!"

"快了。"林玉相说。

他入伍后,在排长的带领下,苦练杀敌本领,尤其是射击,一教就会,一点就精,到7月中旬,他不光打靶全连第一,就是打起飞鸟来,也百发百中。连长见了十分喜爱,每天出操训练时,总喜欢到他身边来,指导他快手操作、射击的方法。在训练空闲时,王金川将祖传的地趟拳传授给战友们,到了7月底,他在十秒钟内,能用步枪打下两只百米开外的飞鸟,成为全连的"快枪手、神枪手"。

8月14日下午,一纵队部率领一支队主力向南京挺进,在溧水县白马区、经巷村碰到前来报信的程华平区长。程区长向纵队首长报告:8月14日敌伪军第三师师长任祖萱率领一千四百

余名日伪军,分东西两路,向溧阳、溧水县进行"扫荡"。经研究,纵队首长决定由白马区大队诱敌深入,完成任务后迂回敌后,阻击敌军逃窜和负责战场救护工作;第一支队和苏浙军区第一分区特务营配合作战,伏击来犯之敌。程华平区长接受任务后,连夜返回,率区大队在白马桥附近,与敌接火,边打边退。15日清晨4时左右,将敌军引诱到张家岗北侧毛笪里,和主力部队取得联系后,立即翻过回峰山,埋伏在白马桥东南杨塘村一带,守候阻击。

一支队司令员饶惠谭命令:一营在回峰山西南经巷附近设伏阻击,一连去接应白马区大队后,继续担负诱敌深入,把敌人从张家岗,引到回峰山西南经巷一带伏击圈内,二、三连埋伏在经巷西南面,待敌到达时正面阻击。二营、三营提前隐蔽在回峰山东北侧,待一营阻击战打响后,再由回峰山东北侧,向白马桥迂回包围,断敌退路。一支队特务营和第一分区特务营分别隐蔽在回峰山北侧的长冲和马占山下的西阳庄,待敌军进入伏击圈后,由长冲直插毛笪里,由西阳庄直插蒋家坝,将敌军拦腰切断,分块歼敌。

一支队一营一连接应白马区大队后,紧紧牵住敌人的鼻子,顺利地把敌人引进伏击圈内。埋伏在经巷西南的我一营主力给予迎头痛击,敌伤亡惨重,不能前进一步。此时,敌发现我军主力向回峰山东北侧运动,见势不妙,慌忙退缩。一营组成若干小分队频繁出来,紧紧拖住敌人。二、三营经杨塘村向白马桥、杜巷挺进,堵阻退缩的敌军;第一支队特务营和第一分区特务营像两把利刃,将敌拦腰切断。敌军分别被包围在杜巷以南、毛笪里以北及张家岗地区。

且说三营在回峰山东北侧隐蔽着，当一营在经巷西南阻击战打响后三营长命令二连打前锋，以最快的速度赶到杜巷附近，堵住退缩的敌人。

　　二连长命令全连放下被包，轻装前进。刚到杜巷附近，见日军中队长带着残敌，气喘唏嘘地向杜巷逃窜而来。连长命令全连快速抢占前面的制高点，一线拉开阻击。王金川内力深厚，跑得快，率先冲上制高点，对着逃在最前面的五个日本鬼子，手起枪响，"叭""叭""叭"三枪把三个日军撂倒在地，后面的日本鬼子吓得纷纷卧倒，向四周乱打一阵。此时，二连指战员已登上制高点，一线拉开，以密集的火力，压住妄想逃窜的日军中队。日军中队长见势不妙，边打边退，带着残敌拼命地向张家岗方向窜去。这时，连长来到王金川身边，伸出双手拍着王金川的肩膀说："你真行，为全连争取了时间，把敌人压在伏击圈内！"

　　被包围在杜巷以南、毛笪里以北的敌军，只有四百余名伪军和县保安大队，战斗力弱于被包围在张家岗的敌军。支队首长决定集中优势兵力，先打弱敌，后歼强敌。

　　在白马桥南约一公里处，收紧包围圈，发动攻击，打得伪军惊慌失措，四处逃窜，三营长带着王金川等战士，向猛虎一样扑进敌群，吓得伪军纷纷举手投降，经过一个多小时的战斗全歼了这股伪军。

　　随即，我军主力部队迅速集结到张家岗附近，准备歼灭有日军在内的强敌。

　　被围在张家岗的敌人，有日军一个中队，伪军一个连，约两百余人，装备精良，战斗力较强。张家岗是一个较大的村庄，村四周地势平坦，又无遮掩，村内民房坚固，并有一所楼房，可居高

临下。敌在我军围攻杜巷、毛笪里时,已在村中构筑了简单的工事,并将民房打通,利用坚固房屋和优势火力,负隅顽抗,企图寻机逃跑。

支队首长为了尽快歼灭张家岗之敌,命令:一营在东,三营在北,支队特务营在西,第一分区特务营在南,将张家岗之敌团团围住攻击。

三营在张家岗北面,二连担任主攻,一、三连火力掩护。二连长命令王金川班打前锋,班长将全班分成五个战斗小组,相互掩护,交替攻击前进。王金川组,拿出平时练就的地趟拳中的翻、滚、匍匐等技巧,快速地接近了民房。这时,日伪军发现了,敌人在房屋上,居高临下,用机枪猛射。营长在战壕里,举起望远镜看见王金川的两名战友不幸中弹;又见王金川向左连续翻滚着身躯,边滚边向敌人火力点连开两枪,两个敌火力点顿时哑射,他乘机一个前滚翻,又一枪击哑敌火力点,又迅速地两个前滚翻。此时,王金川距民房只有十米远了,营长边看边说:"打得好,王金川你真了不起。"日军小队长见了急得"嗷嗷"大叫,几十把轻重武器同时向王金川猛射,机灵的王金川又快速地向右边翻滚,又一枪击哑一个机枪火力点这时,一颗罪恶的子弹击中他的腰部,他忍着剧痛,抬手一枪又击中正面敌火力点。此时,英雄单枪难挡百枪攻,敌弹密集如雨,洒在王金川的身上,王金川壮烈牺牲。营长放下望远镜,右拳狠狠地砸在战壕沿上,青着脸什么也没说。这时,其余各连队伤亡较大,支队首长命令暂停攻击。

为了彻底消灭敌人,减少伤亡,支队首长分析敌情后,重新调整进攻方案,由二营二连(机炮连),从张家岗西北对敌实施主攻,一营从村东南进行助攻,特务营作预备队。

15日晚16时左右,二营率先突破敌人火力封锁,与敌短兵相接,展开肉搏战。此时一营也突进村中。张家岗内敌军遭南北夹击,一片混乱,纷纷落荒而逃。唯村西一片相连的民房群中,有数十名日军及一部伪军负隅顽抗。一支队指战员正欲乘胜全歼残敌,突然接到上级命令,撤出战斗,迅速向南京挺进,余敌留给第一分区特务营单独歼灭。

苏浙军区第一分区特务营接替一支队作战任务后,天色已黑。第一分区首长决定:放蛇出洞,蒋家坝设伏。于是,我军放弃对张家岗的包围,引敌出村。第一分区特务营在敌人逃跑的必经之路蒋家坝布下伏击圈。当天色完全黑下来时,敌人果然如丧家之犬,慌慌张张地逃到蒋家坝。蒋家坝位于白马地区较大的一条河旁中,河面开阔,水较深,河上原有的几座木桥都被拆除,唯有从蒋家坝坝头才可涉水过河。当敌军逃到蒋家坝时,埋伏在此的第一分区特务营首长一声令下,所有轻重武器同时开火,打得敌人乱成一锅粥,你挤我拥,死伤过半,少数企图涉水过河者,也被打死或淹死;指战员跃出战壕,冲入敌群,勇杀残敌;当晚逃到蒋家坝的敌人无一漏网。

此次战斗,是新四军在溧水地区与日伪军的最后一战,共歼灭日军一个中队、伪军一个营和一个保安大队,毙敌三百余人,俘虏近四百人,缴获机枪十多挺,各类长短枪六百余支及其他军用物资。

在溧水县白马桥,反"扫荡"的战斗中王金川不幸中弹,壮烈牺牲,为了中国人民的解放事业献出自己的宝贵生命。

伏击匪首马立山记

　　黄湖镇地处杭州西北郊,四周青山环抱,岗峦起伏,黄湖大溪自西北往东南缓缓流去,沿溪两岸为河谷平原,地势平坦。北屏王位山俯全境,中卧龙山饮溪,南木鱼岭守门,与河谷平原隔水相望,组成一幅优美的自然风景画。唐代古道直达宣州,明代驿道穿镇而过。黄湖自古是杭州西北山区及临安、安吉、孝丰部分山区农副产品及山货、南货的集散中心,又是护卫杭州的西北重镇。

　　1945年,新四军进驻太公堂、鸬鸟、百丈、黄湖、双溪一带后,建立了杭县抗日民主政府,县委书记兼县长肖松甫,黄湖区委书记兼区长邹就正,黄湖区中队队长殷家富。抗日民主政府的主要工作是征粮、扩军、支前统战和侦探敌情。黄湖区中队驻扎在黄湖高村祠山庙、银铃一带,团结一切抗日力量,打击与人民为敌的土匪头子、恶霸地主,这是抗日民主政府的一贯政策,也是抗日民主政府的一项任务。

　　马立山天台人是黄湖一带的土匪头子,人称匪枭。原是国民党挺进队的一个营长,在天台又是烧毛党头子,无恶不作,血债累累。1930年,马立山与黄湖高村土匪头子葛华荣相遇,臭味相投,结为异姓兄弟。因马立山为了躲避仇家报复,在葛华荣引荐下,来到黄湖高村。

高村是一个美丽富饶的明代山寨,背靠王位山,东依祠山,西临狮子岭,后为老龙山喷水,前为鳄鱼山守卫;溪水终年流淌,参天大树环绕村寨,掩映着白墙黛瓦,寨内巷道中间分岔,外地人进入村寨,难辨东南西北;村寨设有东南西北四个寨门,正门两边布旗四面。原住着"朱、杨、张"三姓人家,明代金华巡按题匾"来官不接、去官不送"悬挂在张三房家中。马立山见高村有这么好的自然环境,就在高村定居下来。

马立山在高村定居后,立即招来原手下的百余名土匪,分住在瓶窑、何家陡门、潘板桥、双溪、黄湖(北苕溪两岸)一线。平常进出,马立山总带着十余名保镖行走于黄湖、瓶窑、余杭一带。黄湖自古是杭州西北山区农副产品及山货的集散中心,商贾进出货物主要靠水路运输,马立山依靠他手下的一帮惯匪占了黄湖水路;凡农副产品及山货、南货进出必须向其交纳保护费;打着"马立山"旗号,方能进出无阻,尚若有一家商贾不交保护费的话,其货物必遭烧毛党抢劫,实际上是马立山手下抢劫分赃。

1937年底,日本侵略者的铁蹄踏进杭州,派兵驻守余杭、瓶窑、彭公石濑。国民党市府出钱收买马立山,委以少校军衔。从此,马立山成为国民党顽军一个支队司令,有了保护伞,就更加肆无忌惮地鱼肉百姓,独霸一方水路,陆路,命其手下做起烧毛党抢劫生意。

马立山以国军少校头衔,名压黄湖一带后,倘若有人与他对抗的话,马立山就决不让他活过三朝(天)。有一年夏天,高村章国树老婆,家中无米下锅,几天开不了灶,就去偷剥了马立山地里的几枚玉米棒,马立山得知后,就派手下将章国树老婆绑在高

村东门外,令打手用皮鞭狠狠地抽打。马立山扬言:午时三刻,将章国树老婆活活打死。全村百姓出面,跪下恳求饶命,马立山不答应,并声称谁敢动他家一根草,就要杀一儆百。最后,由高村章士德(在国民党军队里当团长)的老婆章云的娘与章国树同宗出面相求,马立山方免章国树老婆一死,但她已被打得奄奄一息。就这样,马立山在高村干尽了坏事,全村百姓却敢怒不敢言。

1945年3月,新四军进驻黄湖一带后,建立了抗日民主政府,在黄湖集镇设立税卡,进出货物一律公平纳税,取缔非法纳税,断了马立山财路。国民党政府暗地里指使马立山暗杀抗日民主政府干部,偷袭黄湖一带的税卡,骚扰我地方武装队伍。马立山受命后,派手下三次袭击黄湖税卡,抓走我税务工作人员;途中暗杀我征粮队队员金秀林;半夜里派口吃阿金、白眼卢先元等惯匪,抢夺黄湖区中队(设在高村祠山庙)哨兵的枪支;还派出小股土匪在斜坑、施家边、孙家门口、观望岭、黄湖下街、木鱼岭等地骚扰我县大队、区中队。

1945年7月初,余杭县抗日民主政府决定打击土匪的嚣张气焰,铲除匪枭马立山的命令下达到余杭县大队。县大队(原十六旅的一个连,其中二个排在县大队,一个排在区中队)在黄湖老虎山顶召开伏击匪枭马立山联席会议。高队长(高心泰是余杭县委书记兼县长、县大队长)说:"高村只有四门进出,马立山居住在村中间,四周有老百姓民房遮挡,其家主屋是三间四进楼房,东西两面有平房护着,院内除马立山家居住外,还有二十余名保镖护院,易守难攻。马立山本人是个双枪手,武功十分了得,近身抓捕,比较难,不可硬取,只有智取,才是上策。"接着,高

队长又说:"我们要引蛇出洞。原溪口乡乡长顾长法与马立山交往甚密,我们利用这层关系,叫顾长法邀请马立山到顾长法家来赴宴,我们就在途中设伏,将马立山击毙。"高队长指着对面的高村又说:"你们看,从高村到古城有五六里路,途经走马堂、坪里、金竹坞岭、金竹坞桥再到古城,我们派几名狙击手隐蔽在走马堂、金竹坞岭、金竹坞桥,待马立山路过这三处时,抓住时机,一枪毙命。同时,每处再派五名战士隐伏在狙击手附近接应,以防马立山的保镖围攻。"鲍参谋听后补充说:"我赞同这个方案。不过,马立山在坪里、走马堂、古城都设有暗哨,如有生人进出都会引起暗哨的警觉,不便下手,只有一个办法就是把我们的狙击手化装成老百姓,提前派两个狙击手进入金竹坞岭两边的小山坡上埋伏,当天再派一个狙击手到金竹均桥上等待,当马立山来到这两处时,出其不意地给他一枪。"大家经过仔细分析,决定派一名狙击手化装成老大爷模样,背着搭肩(把手枪放在搭肩里)从古城向金竹均桥慢慢走来,到了桥东头,坐下抽着旱烟耐心等待,再派两名狙击手在金竹坞岭两边的小山坡上埋伏,同时在每个伏击点外围,再派五名战士提前隐伏接应狙击手,以防马立山带着多名保镖赴宴。一切准备就绪,只等来日。

这天9时左右,马立山走出院门,骑上白马,带着一名保镖,他老婆追出院门要他带着双枪去赴宴,马立山说:"古城是我的地盘,谁敢动我一根毫毛?再说顾乡长是我多年的老搭档,带着枪去,会吓坏顾乡长的家人,还是不带的好。"他的保镖拍着腰间的双枪对他老婆说:"夫人,有我在,谁敢动,放心吧!"马立山骑着白马,保镖在前牵着马,一路向坪里走来。在坪里的几名暗哨(土匪)前来相接,又跟在马后走到金竹坞岭头,都站在岭上,目送马立山走下金竹坞岭，才转身走了。埋伏在金竹坞岭两边的狙击手见无机下手，又继续隐伏着。下了岭是一马平川，马立山唱着天台小调，得意扬扬，随着马躯，慢慢地走上金竹坞桥来。见有一个老头坐在桥东抽着烟，那名保镖大声吼道："快让开，没看见马老爷过来。"用马鞭指着我狙击手，马立山见了接着说："算了，那么老的老人。"我狙击手慢吞吞地立起身来，弓着背往桥边移动两步，左手扶着桥拦，右手拿着旱烟杆说："是，是！"边说边向马立山瞟了一眼，见马立山不带枪，只带一名保镖。就低着头靠在桥栏边一动也不动地站着。当马立山走到桥中，我狙击手飞快地从搭肩里掏出手枪，转身一枪击倒那名保镖，马立山闻声，从马背上纵身跃起，单脚落在桥栏上，身体一缩，向桥东南飞跃而起，扑通一声，跌落在溪水中。我狙击手向东南跨了两步，伸手一枪击中马立山的右肩胛，只见马立山从水中飞身跃起，跳上溪岸，往稻田里拼命地逃跑。此时，我狙击手，对着马立山后背，手起枪响，一枪命中马立山的后背心，马立山向前跌倒，在水里挣扎着，我狙击手走到马立山身后，对着马立山的后脑再补一枪，马立山双腿一伸，归西了。狙击手从搭肩里拿出一张白纸条，放在马立山尸背上，白纸条上写着"判马立山死刑"，落款"余杭县抗日民主政府"。我狙击手转身来到桥上，拿起那名保镖的双枪，骑上白马，向百丈方向扬鞭而去。

在坪里的暗哨闻讯，马上逃回高村报信，马立山大院里的二十余残匪闻报，大吃一惊；匪首葛华荣当即率领其残部，从高村北门向王位山逃跑了。

新四军枪决马立山的布告，在黄湖街道公示后，大快人心，黄湖街道的商贾、店主，纷纷在街道上鸣放鞭炮，以示庆贺。

蔡友富回忆日寇歼灭记

　　蔡友富,生于1923年12月,原籍嵊县,1940年春,因家境贫困投亲到余杭黄湖镇上街村定居;1944年初在宁国参加新四军,成为十六旅四十八团一营三连战士。1952年9月复员,到余杭县黄湖镇上街村务农。

　　在蔡老89岁高龄时,我们走访前辈,他回忆起童年的生活、革命战斗的历程,如数家珍向我们细细道来。

　　蔡友富出生在浙江嵊县下北乡仙头村,全家三口人,父亲蔡桂生,母亲楼仁花,家有茅草屋两间,租茶叶山(地)三亩,一年四季以番薯和番薯干丝为主食。他父母亲勤劳治家,勉强维持生活;他6岁那年因患"天花"无钱医治,留下一脸麻症;8岁起就跟着母亲下地采茶叶,14岁开始跟着父亲学习手工制茶技艺。他16岁就长得人高马大,腰圆臂粗,饭量特别大,平时一家三口人吃的番薯,还不够他一个人吃。父亲见他食量大,怕今后在家里无法生活,就决定叫他投亲靠友。于是,在1940年春,蔡友富来到余杭县黄湖镇上街村叔叔家安生,在其叔叔帮助下打短工过日子:春季替人家炒茶叶、开荒地种杂粮;秋季割稻、收番薯、拖毛竹;冬季为雇主舂米;有时还替店主挑米外销,一年四季从不休息,一心想多攒点钱拿回家,给父母贴补家用。

1944年初,蔡友富替黄湖米店主朱伟生挑米返销到宣州,半道上被烧毛党抢走了。蔡友富急得团团转,心想怎样向东家交差呢?无奈他只好硬着头皮慢吞吞地往回走,走到宁国泗安地界时,碰到新四军。有个新四军见蔡友富人高马大,腰圆臂粗,在路边徘徊,就走上前去打招呼说:"老乡,你怎么了,是不是肚子饿了,我带你去吃饭好吗?"蔡友心想世间哪有这么好的兵,反正我现在无路可走,还不如先跟着去吃了饭再说。想罢:便点点头,跟着那个新四军来到队部。钟连长对他说:"我们是新四军,是穷人的队伍,我们在这一带打日本鬼子,你就跟着我们当兵打日本鬼子吧。"蔡友富听后,暗暗地思量着:我的生活苦难都是日本鬼子和反动派造成的,还不如跟着新四军打日本鬼子吧!想罢说:"好的。"从这天起,蔡友富成为新四军十六旅四十八团一营三连战士。

蔡友富随连部来到宁国杭村一带开展整训。整训期间,蔡友富很快掌握射击、拼刺、摔跤、投弹等各项技能技巧。

蔡友富说:"他第一次参加打击日本鬼子的战斗是在杭村,那是在1944年3月29日,驻门口塘、流洞桥据点的日本侵略军南浦旅团小林中队百余人、伪军一个营、携马拉步兵炮一门、窜到杭村附近公路两侧扫荡。"

下午4时左右,日伪军从杭村回据点。驻杭村新四军十六旅四十八团刘别生团长(化名方自强,人称方司令)闻报后,立即向旅部王必成司令员报告,同时命令:三营营长徐超,教导员郑大方率领三营火速占领杭村西南的慈姑山阵地阻击,截断日军归路;一营营长曾旦生、教导员江淦衡率领一营占领杭村东南的牛

头山高地,对日军形成夹击之势。方司令与罗维道政委亲临前线指挥。

当三营赶到杭村西南的慈姑山阵地时,部分伪军已走出伏击圈,三营指战员快速一线拉开,居高临下立即向日军猛烈射击。日伪军乱成团,纷纷扑倒向我阵地疯狂还击,被三营压在山下的日军依仗优势的装备负隅顽抗。一营乘机占领牛头山高地,配合三营,将敌人压在两山之间的开阔地带。战斗正激烈时,王必成司令员亦赶到牛头山前沿阵地指挥,四十八团副团长饶惠谭率小炮排迅速赶来;一营营长见公路西侧路西村东南是一片麦田,立即命令一连钟连长率蔡友富等两个排战士到路西村东南的麦田以西两侧埋伏。

此时,王必成司令员命令"用小炮打大炮"。小炮即迫击炮,是从日军手中缴获的,没有瞄准器,射击全凭目测和经验。小炮排排长戴文辉发射的第一发炮弹落在日军炮位附近,第二发炮弹击中敌炮旁的马匹,马匹受伤狂蹦乱跳,日军大炮随着马匹团团打转,日军见状,吓得大乱。王司令员抓住战机下令出击,在嘹亮的冲锋号声中,三营指战员立即从山冈、松林中跃起,如猛虎下山似的冲向敌人,将日、伪军全部压到公路西侧路西村以东的麦田里。日伪军进入麦田后,埋伏在麦田以西两侧的一连战士在连长一声令下,对着狂奔而来的日伪军一阵猛射,打得敌人都趴在麦田里不敢抬头。

教导员郑大方挥着驳壳枪冲在最前面,紧跟着郑教导员的一个排战士与日军展开肉搏战。郑教导员挥着驳壳枪左右开枪,一下子撂倒七八个日本鬼子。这时,一营和三营的全体指战员冲进麦田,日军大败,仓皇弃炮夺路向门口塘、流洞桥方向逃

跑。激战一小时余,大获全胜,歼灭日伪军七十余名,缴获大量枪支弹药、军马数匹、九二式步兵炮一门、炮弹三发。郑大方和数名战士在与日军肉搏战中壮烈牺牲。

蔡友富又说:战斗结束后,杭村群众编了一首歌赞颂这次战斗:"杭村一仗打得好,军民抗战逞英豪,鬼子丧命又丢炮,日军从此威风扫。"

蔡友富又回忆说:记得1944年9月,他所在连驻宁国和六溪村。一天上午,有个老乡急匆匆来到连部报告:有一个中队的日军向和六溪村扫荡而来。钟连长闻报,立即命令一排留下掩护群众转移,二排、三排阻击日军。

钟连长率领蔡友富等两个排的战士从和六溪村向东北急奔十多里后,隐隐约约看见日军中队长骑着马带着日军沿村道向西南走来。钟连长左手一挥,示意大家隐蔽,钟连长蹲着身子仔细观察地形后,见前面有一段村道两侧六十米外的地势较高,还长有许多参差不齐的芦苇,是打伏击的好地段。钟连长举手向后招招,两位排长快速来到钟连长身边。钟连长指着前方村道两侧说:"你们看见前面村道两侧地势较高的那段路吗?二排潜伏在村道西北侧,三排潜伏在东南侧,听我号令,同时开火,明白吗?""是,明白!"两个排长异口同声地回答。旋即,二排、三排战士悄悄地潜入村道两侧较高地段埋伏。

日军成二路纵队向和六溪村村道大踏步走来,钟连长在西南端,见日军大部分已进伏击圈,一声令下:"打!"几十支长短武器同时开火。日军做梦也没想到:在这平原荒郊会有新四军埋伏,顿时大乱,后面的日军吓得转身拼命地向来路逃窜,前面活

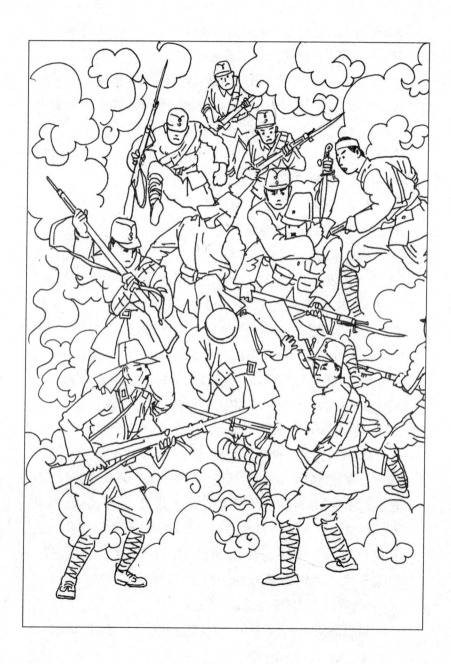

着的日本鬼子边打边向来路方向狂窜而去。战斗前后不到三十分钟就结束了，钟连长命令："迅速打扫战场，马上转移。"

蔡友富说：这次伏击战斗，我们打得猛，日军逃得快，当场打死日军六名、打伤日军二十多名缴获大量弹药、战马三匹、歪把子机枪两挺、步枪二十五支、活捉日军五名。我们回到村里，许多群众都到村口迎接，个个竖起大拇指，有的说新四军了不起，有的说新四军是真正抗日的队伍，是我们老百姓的队伍。

蔡友富还回忆说，打日本鬼子最后一次战斗是1945年8月17日在黄桥的战斗，战斗很激烈。

那是1945年8月14日，我一、三、四纵主力军奉命向南京挺进，准备接收南京，当我们过溧阳后，纵队首长获悉南京已被国民党主力接收，就决定改道向黄桥地区挺进。路过京沪铁路时，纵队首长命令蔡友富所在营，立即组建一支敢死队，敢死队由十八个战士组成，每个战士身前身后都绑满炸药包，沿铁路分成两个小组，一组向南京方向，一组向上海方向，两组相距两千米，拦截南来北往的日军列车，掩护我军大部队向黄桥地区挺进，蔡友富说："我有幸被首长批准为敢死队队员之一。"

8月17日上午，我纵主力到黄桥镇后，日军拒绝向我新四军投降。根据当时受降规定：黄桥地区的日军必须向我新四军投降，可恶的日军躲在黄桥据点里，不肯出降，还向我军开枪开炮。纵队首长下令：当日10时许，立即包围黄桥据点，向日军发起猛烈攻击。激战三天两夜，20日上午，我们后继大部队赶到，吓得日军慌忙出城投降。当日，我军收复黄桥、邵北、东台、宝应，投降的日军有一千余名，伪军三千多名。

最后蔡友富还告诉我们，他自参加新四军以来，参加大小战斗有三十余次负伤两次，大的战役如孟良崮战役、淮海战役、横渡长江战斗。

1945年3月，蔡友富任余杭县抗日民主政府第一任县长肖松甫和第二任县长高心泰的警卫员，1947年9月入党，1949年4月21日渡江，4月23日随军进驻南京。抗美援朝时，他奉命到华东新兵训练营二十八团任排长；1952年9月退伍，回到余杭县黄湖镇上街村务农，住黄湖镇老年公寓安享晚年生活。

2011年初，蔡友富把平时节省下来的两万元作为特殊党费上交到黄湖镇党委，还拿两万元给他所在村虎山村委用于公益事业。

后　记

　　黄湖镇,位于杭州市西北部,是余杭区的西部山区乡镇。这里早在明代时就建镇,距今已有六百多年的历史。黄湖原名"横湖",相传是有湖塘横于溪上而得名。黄湖,历史上曾经是个非常繁华的山货集散地,有着众多的传说和故事。

　　2018年秋,黄湖镇决定对民间流传的传说和故事开展抢救性挖掘,编撰《溪岭岁月——黄湖故事集》一书。想通过这本书,来加深当地民众对家乡的记忆,记录我们共同的乡愁。

　　为了把编撰工作做好,镇党群服务中心牵头,组建了相关的队伍,落实了采编人员,所辖各村社也落实了负责收集资料的同志。经过一年以来的努力,《溪岭岁月——黄湖故事集》终于呈现在大家的面前了。

　　本书在编撰过程中得到了不少热心黄湖乡土文化的人士的支持和帮助:黄湖中学退休教师白洪印先生,给我们发来了他多年来潜心收集整理的有关黄湖民间传说故事的手稿;从小在王位山上长大的区民间文艺家协会徐永革先生全程参与了采风和整理工作;区民间文艺家协会名誉主席丰国需得知本书编撰的信息后,也提供了不少帮助,还热情洋溢地为本书作了序;还有杭州磨铁文化创意有限公司特聘画师董连元为本书每篇故事精心绘制了插图。在此,向所有为本书编撰工作付出辛苦劳动的各界人士表示感谢!

　　由于时间仓促,本书远不能完整地收集记录散落在黄湖地区的各种民间传说故事,尚存在不足。恳请读者批评指正!

　　　　　　　　　　　　　　　余杭区黄湖镇人民政府

　　　　　　　　　　　　　　　2019年9月